新哈姆雷特

新ハムレット

序

我只能先說聲，獻醜了。但希望各位讀者首先釐清的是，這部作品並非莎翁劇作《哈姆雷特》的註釋書，也非《哈姆雷特》新解，純粹只是作者擅自主張的遊戲之作，頂多只有人物名字及大致場景挪借莎翁《哈姆雷特》中的設定，藉此描寫一個不幸的家庭。在這之中完全沒有任何學術或是政治方面的意涵。不過是一次狹義的心理實驗。

或是說，這部作品書寫的是過去某個時代中一群青年的典型，以一位落魄青年爲主軸，描述一個家庭（嚴格來說，是兩個家庭）在短短三天內發生之事。只讀一遍的話，可能容易漏讀其中某些心理轉折的脈絡，但要是有讀者向我抱怨「沒有讀第二遍、第三遍的時間啊」，那也就只能這樣不了了之了。時間比較充裕的讀者，建議請務必重讀。如果是較無空閒的讀者，也請趁此機會，一併閱讀莎翁的

《哈姆雷特》，和此〈新哈姆雷特〉做一比較，或許會在當中發現許多趣味。作者在創作這部作品時，拜讀了坪內博士[1]所譯之《哈姆雷特》，與浦口文治[2]先生所著之《新評註哈姆雷特》一書。浦口先生所著的《新評註哈姆雷特》因爲收錄了原文全文，我讀的時候還一邊查閱字典，費了相當大的工夫，讀得非常仔細。我從中獲得了許多新知，但在此就沒有向讀者一一報告的必要了。

此外，在本作第二節中，有數行我稍微將坪內博士的譯文做了些揶揄，這純粹是作者一時興起，無心冒犯，請博士的學生們不要動怒。因爲這次的機會，將坪內博士譯的《哈姆雷特》通讀了一遍，讓我覺得莎翁的《哈姆雷特》這齣戲在坪內博士所處的那大時代裡，也不得不翻成歌舞伎調的譯文，才符合時代啊。

讀莎翁的《哈姆雷特》，讓我深切感受到果然是天才般的文筆，其中展現的熱情彷如熊熊火柱，登場人物的足音響若貫耳，眞是不簡單。此作〈新哈姆雷特〉，只能說是微不足道的室內樂罷了。

另外，在本作第七節朗讀劇的劇本中，我引用了克里斯提娜・羅賽蒂[3]的〈時間與亡靈〉稍作潤飾。在此也不得不向羅賽蒂之靈致上歉意。

最後，本作的形式雖然類似戲劇，但作者絕不是抱著寫作劇本的打算而完成此作品。因爲作者原本就是小說家，關於戲劇寫作方法等等的知識可說是一概不知。還請各位讀者將其當作Lesedrama[4]風格的小說來讀吧。

二月、三月、四月、五月，花了四個月的時間，終於完成此作。重頭回顧此作，竟覺得有點寂寞。不過，以目前的狀況而言，也不可能再寫出比這更好的作品了，因爲作者的實力如此而已。再替自己辯護也無濟於事。

昭和十六年，初夏。

人物

克勞迪亞斯（丹麥國王）

哈姆雷特（先王之子，現王之姪）

波洛涅斯（侍從長）

雷爾提斯（波洛涅斯之子）

赫瑞修（哈姆雷特之同學）

葛楚德（丹麥王后，哈姆雷特之母）

奧菲莉亞（波洛涅斯之女）

其他

地點　丹麥首都，赫爾辛格

Ⅰ　赫爾辛格王宮，大殿

人物：國王、王后、哈姆雷特、侍從長波洛涅斯，其子雷爾提斯。其他侍從多名

王　大家都累了吧，辛苦了。先王突然崩逝，悼淚未涸，吾便繼承王位，此外還舉行了與葛楚德的婚禮，對吾而言也是相當難過的事，但這一切都是爲了丹麥王國，也是和各位充分商討後所做決定，若先王吾兄地下有知，也會念在吾憂國憂民、無私爲國體諒我們。丹麥和挪威關係緊張，如箭在弦，戰爭一觸即發，所以國不可一日無王。哈姆雷特王子才値弱冠，承蒙各位薦舉，由吾繼承王位，但吾一無先王之手腕，二無德望，外貌風采又都不及先王，吾如此魯鈍，簡

直不像和先王是同一血脈的親兄弟，所以不知是否能擔此重任，也不知是否能保衛王國不受外侮，時常感到惴惴不安，但有德高望重的王后葛楚德在吾身邊，一生相伴，成爲吾的助力一同爲王國付出，王宮的基礎得以穩固，也算是丹麥王國之幸。各位都辛苦了。先王崩逝至今雖然已兩個月，吾仍覺得如夢未醒。但靠著各位睿智的建言，尚能安然度過。吾爲新王，若有不成熟之處，還請各位不改忠誠諫言，讓吾安心。啊啊，差點忘了，雷爾提斯，你剛才說有什麼請求要告訴吾？是什麼事？

雷爾提斯　是的，陛下，其實我想要再返回法國遊學，懇請陛下恩准。

王　這是小事。這兩個月來你相當勤奮，替吾處理了不少事，現在事情也算是告一段落，你就回去好好用功念書吧。

雷爾提斯　多謝陛下。

王　這件事你也跟你父親商量過了吧。波洛涅斯，你覺得如何？

波洛涅斯　是的，我實在說不過他。因小犬百般請求，我便要小犬請示過國王陛下後再做決定。哈哈，年輕人終究是忘不了法國的風情啊。

王　說得也是。雷爾提斯，對做孩子的來說，父親的准許比王的裁決更具意義，一家和氣就是對王的忠誠，既然你父親已經允許，那就好了。年輕時盡情玩樂也是必要的，這真令人羨慕。不過別玩得太過頭，傷了身體。哈姆雷特，你最近總是沒什麼精神，要不要也去法國看看？

哈姆雷特　您說我嗎？請別取笑我了，我要去的是地獄。

王　你這是在賭什麼氣呢？啊，對了，之前你說想回到維藤貝格[5]的大學，但請你再留一會兒吧，這是吾的請求。你是接下來要繼承丹麥王位的人，現在王國遭遇困難，所以吾暫時即位，但等到危機過去，人心安定之後，吾將讓位給你，好好安息養生。因此現在你得跟在吾的身邊學習政事才行。不，不只是學習，吾還想讓你幫忙處理。請你打消遊學的念頭吧，這是站在父親立場的請求。你不在的話，王后也會感到寂寞的。而且你最近的健康狀況似乎也不太好。

哈姆雷特　雷爾提斯——

雷爾提斯　是。

哈姆雷特　你有一位好父親，眞幸福。

王后　哈姆雷特，你在說什麼呢。在我看來，你就只會不滿的抱怨。給我停止那種令人生厭又拐彎抹角的態度，如果你有什麼不滿，就要像個男子漢一樣直截了當說出來。我不喜歡你那樣說話的方式。

哈姆雷特　那我就直說吧。

王　吾能理解。趁這個機會，你們好好談談吧。王后妳也不必如此震怒，年輕人有年輕人想說的話，吾也有許多需要反省的事。哈姆雷特，別哭了。

王后　他只是在假哭，這孩子從小就很會假哭，不用同情他，請好好斥責他。

王　葛楚德，注意妳的措詞，哈姆雷特不只是妳一人的孩子，他是丹麥王國之子。

王后　正因爲如此，我才要說說他。哈姆雷特都已經二十三歲了，到底要撒嬌到什麼時候？我這個生母都感到不好意思了。請您看看，今天是陛下登基後第一次的謁見儀式，這孩子偏偏穿著不祥的喪服，好像只有他一人感到悲悽似的。也不想想這件事對我們而言有多痛苦啊！這孩子在想些什麼，我都一清二楚，喪服也是故意穿給我們看的，他一定是想諷刺我們：「難道你們已經忘了先王的死嗎？」其實我們誰也沒有忘，每個人的心裡還是充滿了悲痛，但現在我們必須把那份悲痛壓在心底，因爲我們必須爲丹麥王國的前途、爲丹麥王國的人民著想。我們是連悲傷的自由都沒有的人，我們身不由己。但哈姆雷特連這點道理都不懂得。

王　妳說得太過火了，別得理不饒人，這只會造成傷害。王后因爲是他的生母，自然對他的擔心多一些，出於親情才說出那些話，但比起隱藏在背後的感情，年輕人只會注意到表現出來的言語。吾也有這種經驗，彷彿別人的一句話就可以決定自己的一切。王后，妳今天似乎有哪裡不對勁啊。哈姆雷特穿著喪服也沒什麼關係，少年的感傷是很純粹的，如果硬是要將他與我們的生活同化，那才是罪惡，應該看重這份情感，或許還應該向他學習。我們常以爲自己什麼都懂，卻在不知不覺間失去了很多重要的東西。總而言之，吾想跟哈姆雷特兩人單獨好好談談，你們都先退下吧。

王后　既然如此，就有勞陛下了。我也的確是說得過分了些，不過你將他視爲己出，也太寵他了。再這樣下去，這孩子不論多久都無法長大的。要是先王還在世，也會對今天這孩子的態度動怒，甚至體罰他呢。

哈姆雷特　那你們打我便是了。

王后　你又在嘟囔什麼！說話得更直率些！

人物：國王、哈姆雷特

王　哈姆雷特，來，坐這。不喜歡的話，站著也行，那吾也站著說話吧。哈姆雷特，你長大了呢，都快跟吾差不多高了，你還會再繼續成長吧，不過你太瘦了，再胖一點才好。這次瘦了很多呢，臉色也不太好。你要懂得保重自己，要爲你將來的重責大任著想啊。今天我們兩個就開誠布公地談談吧，很久以前，吾就一直期待能有和你獨處的機會。吾會毫不隱瞞對你吐露一切，你也不要客氣，直率一點，想說什麼就說。不管彼此是多麼相親相愛，如果不說出口，就無法知道對方的心意，世間的相處之道大多如此。有哲學家說，人類是語言的動物，吾能理解。今天我們兩人就好好聊聊吧，吾這兩個月來也相當忙碌，完全沒有一絲空閒能靜下心來跟你說話。請你原諒。但你也總是處處刻意避開吾對吧，當吾走進房間，你就馬上走出去，每一次你這樣做，吾都感到寂寥無比。哈姆雷特！抬起頭來。吾接下來的每個問題，你都要認眞回答。吾有事要問你。你是不是討厭吾？吾爲汝父，你是不是輕蔑吾這樣的父親？你恨吾嗎？說，認眞地回答。就算只有一句話也好，說給吾聽。

哈姆雷特　A little more than kin, and less than kind.[6]

王　你說什麼？吾剛聽得不是很清楚。不要胡鬧，吾是認眞問你，別跟我玩這種雙關的文字遊戲，人生可不是兒戲。

哈姆雷特　我應該已經說得很明白了。叔父！您是一位好叔父，但——

王　但是位令人討厭的父親？

哈姆雷特　內心的感覺無法被矇騙。

王　不，吾很感激你，你說出了眞心話。就像今天這樣，以後不論何時，你都這樣直截了當地告訴吾就好了，吾絕對不會因實話動怒。其實，在吾心中也暗藏著這樣的感受。你瞧你，用不著翻臉跟翻書一樣快吧，還瞪著吾呢。你的表情還眞是誇張啊。年輕的時候大家都一樣，總對他人十分刻薄，但別人隨便說你一句，你就暴跳如雷。因爲你從沒想過別人被你攻擊得體無完膚時會有多痛。

哈姆雷特　哪有那種事，絕對沒有——眞是愚蠢。我也是因爲被逼得無可奈何，無計可施才會說的。攻擊得體無完膚？我覺得不至於吧。

王　所以吾說，不是只有你這樣，我們也都是被逼得無可奈何才說的，爲了生存，我們也下了很大的工夫。或許在你們眼裡，我們行有餘力、富有自信，但其實全都相同，我們也和你們一樣，只要有一天是無災無厄平安度過，就該謝天謝地。因爲吾是承接哈姆雷特王家的血脈而生的男人。吾想你也知道，哈姆雷特王家的血脈中，流著優柔寡斷的虛弱氣質。先王和吾小時候都非常愛哭，別國的使臣看見我們二人在庭院中遊戲時，還誤以爲是兩位公主呢。而且我們兩人都體弱多病，御醫們當時都懷疑我們不能順利成長，但後來先王休養調息，成爲了一位偉大的賢君。這讓吾相信，宿命是可以因意志而改變的，先王就是一個最好的例子。吾現在也非常努力，想成爲這丹麥王國最強而有力的支柱。真的，吾已經花費所有精力。但是啊，哈姆雷特，如今最令吾感到痛苦的，就是你。你剛才說，表面的言語無法戰勝內心真正的情感，其實吾也是，吾始終無法將你視如己出。再說得明白一點吧，你是吾可愛的姪兒，因爲你是一個聰明的姪子，才會得吾寵愛。先王還在的時候，你不是跟這個山羊叔叔很親嗎？第一個發現吾的臉長得像山羊的，就是吾這可愛的姪兒，所以叔父也很高興做你的山羊叔叔。真令人懷念啊！現在吾和你是父子了，我們的心卻離得千萬里遠，過去我們兩人之間的親愛之情已經變成憎惡。我們成爲父子這件事，就是不幸的根源，但我們不能這樣繼續下去。哈姆雷特，吾有個請求。請你欺騙自己吧，至少在眾臣面前，請你欺騙自己的內心，裝作和吾要好的樣子。你一定不願意吧，這是件痛苦的事，但除此之外別無他法。王家失和，會喪失臣下的信賴，使民心蒙塵，最後還會招致外侮。剛才王后也說了，我們總是身不由己，這一切都是為了丹麥王國，為了保衛祖先們留下的土地，所以我們不得不捨棄自己的情感。將來這片丹麥的土地、海洋和人民遲早都會交到你手上，所以我們一定要同心協力才行。吾不會叫你愛吾，因為坦白說，吾也無法發自內心稱你為吾兒並緊緊擁抱你，所以不會勉強你，你只要在人前裝裝樣子就好。這是我們兩個都應盡的痛苦義務，因為這是天意，不得不遵從。吾相信，比起維護自己對情感的潔癖，忍辱負重完成自己的義務，更能讓神高興。雖然我們一開始對彼此親愛的招呼只是裝模作樣，但吾認為，真正的親子之愛一定會慢慢地從這些細微小事滲進我們心中。

哈姆雷特　知道了。這點道理我還是明白的。但我也有要求，請讓我再遊歷一陣子吧，叔父，請讓我再去維藤貝格的大學留學。

王　只有我們兩人獨處時你可以稱吾爲叔父，但在王后或臣下面前，務必稱吾爲父王，你一定得答應我。爲了這點芝麻小事就對你動怒，吾自己都覺得既痛苦又羞恥，但就連這些細微的形式，都會影響丹麥王國的命運。關於這件事，吾剛才已經請求於你。

哈姆雷特　是嗎？還眞不是敢當。

王　你爲何總是這樣的態度呢？吾稍微認眞講了你幾句，你便馬上擺起架子來，用如此敷衍的回答閃避話題。

哈姆雷特　叔父、不，國王陛下您也閃避了我的請求啊。我想去維藤貝格，僅此而已。

王　你是眞的想去嗎？吾認爲那只是謊言，所以才裝作沒聽見。想再回到大學並不是你內心眞正的想法，那不過是推諉之詞。你只是想要反抗吾而已。吾都明白，年輕人總是無謂地揮動傲慢的雙翼，但那也只是掙扎，是一種動物的本能，吾能斷言，你只是將那種動物的本能，和理想與正義的大旗綁在一起，無病呻吟罷了。就算先王還在，你一定也會反抗先王，輕蔑他、憎恨他，背地裡說他是個頑固老頭等等的壞話，讓先王困擾不已吧。因爲你正値這種年紀，你的反抗只是肉體上的反抗，並不是精神上的。吾已經可以想見你回到維藤貝格後的情景了，你大學的友人們一定會像迎接英雄歸來一般迎接你吧。努力反抗老舊陳弊的家風、戰勝頑固冷酷的繼父，爲了爭取自由而再次回到大學的王子，簡直就是眞實之友、正義的代表，潔白完美的王子啊，友人們一定會激動得和你接吻、沐浴在乾杯的酒雨之中。但是，這種異樣的激動究竟算什麼呢？吾將之稱爲生理的感傷，就像狗瘋狂地在草地上磨擦身體。說得有點過分了，吾並不是全盤否定這種青澀的激動狂喜，因爲那也是神賜予我們的一段時期，這是我們必定要經過的一段火海。但就算只有一日，我們也要盡快由此解脫，這是肯定的，瘋的時候好好去瘋，然後再盡快覺醒，這才是最好的生存方式。或許你也這樣覺得，但吾絕對不是個聰明人，不，應該說是非常愚鈍的笨蛋，即使是現在，吾也不能算是完全覺醒了，所以吾才不想讓你步上後塵。你試著了解過那群同學們狂喜喝采的本質是什麼嗎？他們只是高興得到一位墮落的學長，互相誇耀彼此的惡德與無謂的冒險，漸漸同流合汙，最後墮落成骯髒又無能的笨老頭。吾是為你著想，才以自身愚笨的經驗告誡你。有很長一段時間，吾也過著放縱的大學生活，但到現在留下了些什麼呢？什麼也沒有，只有令人不快的回憶，盡是無病呻吟的慚愧，以及充滿惰性的官能體驗而已，直到現在，吾還為了這些餘毒的善後而苦惱。但雷爾提斯的情況不同，因為他有出人頭地的心願，只要有這種心願，人就不會墮落放縱[7]。但你不同，你沒有這種心願，只有盲目的熱情。三年的大學生活已經足夠了，要是這次還是和以前一樣重複著那種狂熱，說不定會萬劫不復啊。少年時期不名譽的傷害，只要說給大家笑笑，很容易就能平復，但一個二十三歲男子失態造成的傷害，可是會像潰爛的傷口般腥臭，很難被抹滅的。請你自重。那些大學生們只是不負責地用言詞煽動你，吾很了解這點。剛才在眾臣面前，雖然吾用其他的理由阻止你回到大學……不，不能這麼說，那時候說的理由也非常重要，但比起那個，吾更擔心你帶著盲目的熱情，揮動傲慢的羽翼誤入歧途啊！剛才在眾臣面前說的事，吾希望你也能放在心上，也就是希望你在吾的身旁學習實際的政事，但除了政事以外，吾身爲你的父親，不，就算是出於駑鈍長輩的義務，吾一定要對你的冒險提出忠告。雖然吾剛才說，還無法打從心底將你視如己出，但身爲人的義務感又是另一回事了。至少這一點你無需對吾存疑，吾希望你能成爲堂堂正正的君子，吾希望能幫助你、保護你，因此把從自身愚蠢經驗中辛苦得到的結論告訴你。你是丹麥王國的王子，是獨一無二的存在，希望你有更深的自覺，不能想著要跟雷爾提斯一樣。說穿了，雷爾提斯頂多是你的一位臣子，他去法國也是爲自己的將來鍍金，所以那個精明又城府深的波洛涅斯才會准他去。你沒有那個需要。無論如何，請你放棄前往維藤貝格，這已經不是請求了，而是命令，因爲吾有義務，要將你培養成一位賢明偉大的君王。你若留在王宮，不久我們就能迎來一位美麗的公主。不是嗎？哈姆雷特。

哈姆雷特　我從來沒有想過要模仿雷爾提斯，完全沒有，我只是——

王　好了、好了，吾都了解。你只是想跟以前的同學重逢對不對？你還是有無法對吾坦承的事對吧。我已經把赫瑞修召來，這樣你就沒有去維藤貝格的必要了。

哈姆雷特　赫瑞修！

王　你看起來很高興呢，他是你最好的朋友對吧。吾對你如此誠實的反應也給予相當高的評價。他現在應該已經從維藤貝格出發了。

哈姆雷特　謝謝。

王　讓我們握個手吧。和你談話之後才發現，其實我們毫無芥蒂，此後我們也要更加相親相愛。今天吾對你說了失禮的話，你別多作他想。宴會開始的禮砲已響，大家一定都在等著我們，一起去吧。

哈姆雷特　那個……我想再待一會兒，一個人仔細想想。您先請吧。

人物：哈姆雷特一人

哈姆雷特　哇啊，眞無聊，嘰嘰咕咕地重複同一件事，煩死了。這時候才突然裝得一臉正經講一堆大道理，但他說什麼都沒用，都只是在替他自己辯護罷了。說到頭來，不過就只是個山羊叔叔，硬是拉我去城外妓院的，不正是山羊叔叔嗎？那裡的女人都稱山羊叔叔老豬鬼[8]。山羊還好聽一點咧，眞是沒救啊、沒救啊，沒救到令人憐憫。他沒有當國王的資格，完全沒有。山羊當王？簡直要笑掉我的大牙。不過還是不能對叔父掉以輕心，我不想被他看穿，不想被他知道我的確不想去維藤貝格。不能掉以輕心啊。蛇有蛇路，鼠有鼠道[9]。唉，眞想見到赫瑞修！眞想見到以前的朋友，不管是誰都好！我有好多想聽他們講的事，好多想問他們的事！會想到把赫瑞修叫來，算是山羊叔叔做了件了不起的事啊，果然沉迷酒色的人通常都直覺敏銳。到底那個老山羊還知道些什麼事啊？啊啊！我也墮落了，終究墮落了，父王過世之後我的生活就過得亂七八糟。母后比我還要糟糕，她馬上就站在山羊叔叔那邊，變成一個完全和我無關的陌生人，終於使我發瘋了。我想到自己如此恬不知恥的行爲，就害羞得無以復加。現在，我成了一個完全無法說人壞話的男人，眞是沒用，不管遇見誰都會嚇得發抖。啊啊，到底該怎麼辦呢？赫瑞修。我的父親死了，母親又被搶走，託那隻山羊的福，還聽了一堆長篇大論。好討厭，我覺得好骯髒。啊啊，不過，比起這個，有一件更讓我痛苦的事。不，不只一件，每一件事都令我很痛苦。這短短兩個月內，許多事情混雜在一起向我襲來，以前我從不知道痛苦可以這樣一波未平一波又起，接連不斷地發生。苦痛會萌生苦痛，悲傷會產生悲傷，嘆息只會增加嘆息。自殺，逃走的方法，只有這個了。

II　波洛涅斯宅邸一室

人物：雷爾提斯、奧菲莉亞

雷爾提斯　打包行李這種小事妳來幫我做不就好了嗎？啊啊，忙死了。船已滿帆等待啟航了。喂，幫我把那本哲學小辭典拿來。把這個忘了可不行，畢竟法國的貴婦們都喜歡一些聽起來很哲學的話。喂，幫我在行李箱裡灑點香水。這種小細節才能顯出紳士高尚的品味啊。好了，終於打包完了，那我就出發了。奧菲莉亞，我不在的時候，妳一定要好好照顧父親。妳在發呆啊？怎麼搞的，才幾點妳就一臉愛睏樣，不過青春期就是愛睡。某首歌裡有「雖然我有痛苦的心事，但夜裡還是呼呼大睡」的歌詞，就是在說妳。別整天只知道睡，偶爾也給在法國的哥哥捎點音信啊。

奧菲莉亞　汝不信乎？[10]

雷爾提斯　妳在說什麼啊？好奇怪的用語，我不喜歡。

奧菲莉亞　因為，坪內大師他——

雷爾提斯　啊啊，原來如此。坪內先生雖為東洋首屈一指的大學者，但用詞也太咬文嚼字了些。汝不信乎？這措詞太矯揉造作了。不過這不全是坪內先生的錯，最近妳的行為也有些過分了，妳要注意點。哥哥我可是什麼都知道的，塗那麼鮮豔的口紅，反而令人覺得骯髒。為什麼非要搞得那麼豔麗不可呢？

奧菲莉亞　對不起。

雷爾提斯　呿！才說幾句妳就哭出來了。哥哥我可是什麼事都知道的，只是一直裝傻，希望妳能自省，但妳卻完全不當一回事，虛榮到無可救藥。我很不想為了這種無聊小事開口，所以一直忍著。但今天我即將遠行，我不在的時候很多事都令我擔心，才不小心說了出來，既然如此，不如就全都告訴妳吧。聽好，妳對那個人死心吧。那是個愚蠢的想法，已經可以想見結局會如何了。那個人是怎樣的身分，妳想一想就知道了。我醜話說在前頭，這件事沒得商量，我是堅決反對的。身爲妳唯一的哥哥，並代替去世的母親，我絕對反對。父親因爲神經大條所以還沒發現，要是父親知道了，事情會變得多麼嚴重！父親得引咎辭去現在的重職，我的前途也會毀於一旦，妳會變成沒有父親的小孩，在街頭乞食呢！聽好，妳去對那個人說，雷爾提斯對著鬼神發誓，不管是誰，只要敢來親近雷爾提斯的妹妹，他都不會手下留情，就算是皇親國戚，也絕不會讓他活著！妳去這麼對他說！

奧菲莉亞　哥哥！你怎麼可以說得這麼過分！他——

雷爾提斯　混蛋，妳還在說什麼夢話！腦袋壞了嗎！既然如此我就把話挑明了說。我之所以反對，不只是因爲那個人的身分，我還討厭那個人，超級討厭。那個人是個虛無主義者[11]，還是個花花公子，我小的時候經常當那個人的玩伴，所以我很清楚。那個人非常聰明，也很早熟，不論什麼事都學得很快，弓術、劍術、騎馬，或是寫詩、戲劇，都有令我覺得不可思議的成就。但他總是三分鐘熱度，只要精通了一樣，馬上就會放棄，很容易感到膩。我不喜歡那種個性的人。他能很快看穿別人心底的想法，然後露出一副得意的臉不懷好意地笑，是個令人討厭的人。他總是嘲笑我們的努力。那種人就是輕薄世間的文人而已，假道學的樣子真令人作嘔。要是被國王陛下或王后陛下唸了幾句，就抽抽噎噎地哭起來，就算在眾多臣子面前也毫不避諱。這傢伙簡直是個娘娘腔。奧菲莉亞，妳有所不知，但我什麼都明白，那個人是完全不能依靠的。在這丹麥國裡，男人比森林裡的樹葉還要多，哥哥會幫妳找一個最強壯、最溫柔、最誠實，又長得最帥的青年。唉，妳要相信哥哥啊，一直以來，不管哥哥說什麼妳都相信，不是嗎？而且哥哥也從來沒有騙過妳，對吧？嗯，妳聽懂了吧？算哥哥拜託妳，從今天起，忘了那個人吧。要是下次那個人又對妳嘮嘮叨叨說些什麼，妳就告訴他，雷爾提斯會氣得要了他的性命。那個人很懦弱，要是聽到這種話，一定馬上嚇得臉色發白，全身發抖。懂了嗎？要是萬一，嗯，雖然這種事不太可能發生，但要是我不在的時候，妳做了什麼恬不知恥的傻事，哥哥可不會就此放過你們二人。哥哥生起氣來，可是任何人見了都會害怕的，這妳是知道的吧？吶，來吧，笑著跟哥哥道別吧。哥哥是很信任妳的喔。

奧菲莉亞　哥哥再見。你也要保重喔。

雷爾提斯　謝謝。我不在的時候，一切就拜託妳了。但我還是放不下心。這樣好了，妳就在神的面前發誓吧，不然我實在無法放心。

奧菲莉亞　哥哥，你還在懷疑我嗎？

雷爾提斯　不、不是的。那就、那就算了。真的沒事了吧？哥哥可以安心了吧？我也不想老是把這種問題掛在嘴邊，身為哥哥還一直對妳嘮叨這種事，面子很掛不住啊。

人物：波洛涅斯、雷爾提斯、奧菲莉亞

波洛涅斯　怎麼搞的，你怎麼還在這？剛剛你來向我請安道別，我還以爲你已經出發了呢。快、快出發。啊！等等、等一下，趁你還沒離開，我再把遊學應該要注意的事情講一遍。

雷爾提斯　啊啊，那個我已經聽了三遍、喔不，是四遍啦。

波洛涅斯　幾遍無所謂，這種事講十遍都不夠。聽好了，第一件事，要注意自己的成績。如果班上有五十位同學，那麼你的成績在四十名左右就好，千萬別想拿到第一名。你身爲波洛涅斯的孩子，頭腦不可能那麼好，要知道自己有幾兩重，別做無謂的事，學會謙讓，這是第一件事。接著，不要留級。即使作弊也沒關係，就是千萬不能留級，留級會造成你一生的創傷。等你到了該接掌重任的年紀，人們會忘記你之前作過弊，卻不會忘記你留過級，背地裡會說東說西，指著你訕笑。再說學校的立意本來就不是讓學生留級，如果留級，一定是學生自己硬是要擠進好志願的結果，眞是感傷，這是對教師的反抗，是虛榮，是無謂的正義感。如果有學生把留級當作名譽之事而讓雙親哭泣，日後仕官時一定會後悔的。當學生的時候，總認爲作弊是最大的不名譽，留級才是英雄式的做法，但等到出了社會，才會發現現實是相反的，作弊不是不名譽的事，留級才是失敗的根源。不信？等你畢了業，多年後和同學們聊到這種事時，就會發現每個人都作過弊。即使日後彼此坦白這件事，也只是互相拍拍肩膀笑笑就過去了，毫無後顧之憂。但留級就不一樣了，即使你向別人坦白這件事，別人也不會那麼單純地笑著聽你說，一定會輕蔑你。這會成爲你出人頭地的阻礙，是讓你抬不起頭的根源。人生啊，要是以爲只有學生生活，那就大錯特錯了。你凡事要小心，別讓人抓到破綻，畢竟你是波洛涅斯之子啊。再來，是愼選朋友，這點也非常重要，至少要找一個比你高一年級的學長當朋友，這是爲了向他請教考試的要領，以及考官給分的一些喜好。另外，也至少要找一個和你同學年的好學生當朋友，你可以向他借筆記，考試的時候也可以坐在他隔壁。學校裡的好朋友只要這兩人就夠了，不必要的交友就是不必要的浪費。吶，接著是關於金錢，這一點特別需要注意。絕對不能有任何金錢的借貸，跟人借錢原本就是做不得的事，借錢給別人也不行，寧可餓死也不要借錢。活在這世上，沒那麼輕易就能餓死的。大家會忘記自己嫁掉女兒，卻不會忘記借給別人一兩。除非借出一兩，別人還回十兩，他才會忘記自己其實只借出去一兩。這也將成爲你出人頭地的阻礙。胸懷大志的男人，連一分一釐都不會向別人借，也不會借錢給別人。向你借錢的男人，因爲向你借錢而讓自己受辱，所以想拖你下水，一定會在背地裡說你壞話。也就是說，借貸是不和的根基。如果不能果斷地向借錢的人說出：「我不想做出傷害彼此友誼的事，所以抱歉，恕我拒絕。」那將來必不能成大事。知道了嗎？要注意金錢方面的處理啊。接著是飲酒。適度小酌可以，但絕對不要一個人喝酒，一個人喝酒是妄想的開端、憂鬱的催化劑，心情會越喝越差。另外，每週和同學們喝一次酒，但不能由你邀約，要讓他們邀請你，再不甘不願地答應，這才是聰明人的做法。飲酒的禮儀也是件難事。喝到爛醉、嘔吐絕對是禁忌，會被所有人瞧不起。不管身旁坐的是誰，就邊喝酒邊高談闊論，這種人只會被人敬而遠之，沒有任何益處。要盡量坐在末席，熱心傾聽周圍的議論，對他們的意見一一點頭表示贊同，這是喝酒時最好的姿態，但酒過三巡之後，要維持這樣的姿態也變成了一件難事。這種時候，你就突然站起來，用叫破喉嚨的力氣大聲唱你們學校的校歌，唱完就傻笑，再繼續喝酒。如果對方纏著你一直發表長篇大論，你一定要專心盯著對方，等他好不容易安靜下來，再對他說：「你也是個寂寞的男子呢。」不管是多愛高談闊論的人，聽到這句話都會尷尬得說不出話來。不過，保持笑容卻不隨便搭腔，才是最上乘的做法。當你發現席間的氣氛變得越來越不可收拾，不可躊躇，一定要馬上起身回宿舍去。如果你抱著看好戲的心情，在宴席上賴著不走，這種缺乏決斷力的男人，一點出人頭地的希望都沒有。回去的時候，也不要忘記把自己該出的那份酒錢一毛不少地交給那個你慎選過的同學好友。如果一個人該出的錢是三兩，你就給他五兩；如果一個人該出的錢是五兩，你就給他十兩，錢給了之後二話不說就離開的男人才是個好男人。這樣的做法不會傷害到別人，也不會傷害到你自己，而且大家對你的評價自然會提高。啊，還有一件最重要的事，就是千萬不要在酒席上做出任何約定。要是一不注意，可是會釀成大禍的。喝了酒會增加激動的情感，不自覺變得氣宇軒昂，一不小心就被別人牽著鼻子走，做了超出自己能力範圍所及之事，等到酒醒之後才面無血色地後悔也來不及了。酒醉狀態下做出的約定，是人生破滅的第一步。接著是關於女人。這也是不可避免的，唯一要注意的是，不要太過自戀。

你是波洛涅斯的孩子，所以你和爲父一樣，沒有什麼女人緣。不要忘記你從小就是一個鼾聲如雷的孩子，那麼大的鼾聲，除了你的妻子以外沒有任何女人能夠忍受。受到女人的誘惑時，一定要想起你的鼾聲很大。聽懂了嗎？要是你在法國不受歡迎，在丹麥也會有非你不嫁的漂亮姑娘在等著你，這就交給爸爸，你只要記得不要太自戀就好。年輕時候的風花雪月，不在於你得到多少女人的心，而在展現自己的男人味，所以要把自戀當作最大的敵人。那麼，接下來是—

雷爾提斯　接下來是賭博。如果輸了五兩就笑一笑回家去，但絕對不能靠這個賺錢。

波洛涅斯　接著是——

雷爾提斯　接著是服裝。要穿質料好的襯衫，不要穿太鮮豔的上衣。

波洛涅斯　接著是——

雷爾提斯　接著是不要忘記帶伴手禮給舍監太太，但也不要跟她太親近。

波洛涅斯　接著是——

雷爾提斯　要寫日記、要記得買乾糧、要時常拔鼻毛……啊，船要開了啦！父親，請您保重，我到了那邊會再寫信回來的。奧菲莉亞，再見，剛才哥哥跟妳說的事不可以忘記喔！

波洛涅斯　啊，竟然一下子就跑掉了，這傢伙動作還眞快啊。嗯，不過，已經叮囑他這麼多，應該沒有漏掉什麼了。啊，忘記告訴他生活費要省一點用，也忘記告訴他散步的必要性了……沒關係，之後再寫信告訴他吧。喂，奧菲莉亞，妳的臉色不太好喔，是不是哥哥又對妳提出什麼無理的要求啦？我都曉得喔，一定是他搶妳的零用錢對吧？因爲從爸爸這裡拿的不夠，所以強迫妳每個月偷偷寄多少錢給他對吧。嗯，一定是這樣沒錯，可惡的傢伙。

奧菲莉亞　不是的，不是父親說的這樣。哥哥不是這麼無聊的人。他沒事的，就算父親剛剛不這樣一一叮囑，哥哥也都知道的。

波洛涅斯　嗯，其實，說得也是，他都已經二十三歲了，要是連這點小事都不懂，那還得了。和同年齡的哈姆雷特殿下相比，雷爾提斯還成熟三倍呢，他將來一定會比我這個做爸爸的還要偉大。我這麼嘮叨、一而再地仔細叮囑，都是經過深謀遠慮的。我知道那孩子聽得很煩，但我那一番話只是要讓他知道還有一個人會擔心他。如果他能懂，我就滿足了，他也會因此力爭上游。我說的那些無非都是芝麻小事，沒什麼了不起的，雷爾提斯有他自己的生活方式吧，他也清楚現在是什麼樣的時代，大可按照自己的喜好行事。我只想讓他知道，我仍然放不下他。只要知道這點，他就絕對不會走上墮落之途。而且我的擔心是兩人份的，還有你們死去的母親那一份，要是那孩子連這一點都能理解，那就好了。那孩子，只要知道這點的話、只要知道這點……啊啊，我怎麼老是在說同一件事，眞是個煩人的老頭啊。不知不覺間我也老了呢。奥菲莉亞，來，坐在這，坐在爸爸身旁吧。嘿咻，那麼，就再聽一會兒爸爸的老話吧。妳長得越來越像妳母親了呢，我彷彿在跟妳母親說話似的。妳媽媽在九泉之下應該也會高興吧。雷爾提斯長得英俊挺拔，妳溫柔體貼又善解人意，照顧我的日常起居，城外的人們都稱讚有加呢！傳聞他們說：「波洛涅斯那樣的父親，竟然生出那麼有氣度的孩子，眞沒道理，啊，不過算了。」爸爸應該覺得很幸福，沒有任何遺憾了才對，但，奥菲莉亞，聽我說，爸爸最近總常常在某個瞬間感到不安，爸爸說不定快死了。不，我不是在嚇妳，我不會莫名其妙說什麼準備赴死之類的傻話，因爲爸爸我總是想要努力活到一百歲，甚至一百零九歲，我想看到雷爾提斯出人頭地的英姿，再好好稱讚他一番，告訴他爸爸已經完全放心了，之後才死去。爸爸很貪心吧。不過，爸爸是眞心希望能夠這樣。現在的我活著沒有任何樂趣，都是爲了你們，才不得不努力生存下去，因爲沒有母親的孩子是多麼可憐啊！雷爾提斯和妳都不會知道，爲了孩子，再怎麼辛苦的事我都願意做。爸爸我啊，連這種事都想到了，也就是，在人生中一定要有一個能在最後一刻褒獎你們的角色。拿雷爾提斯來說，他在接下來的人生裡，會爲了得到眾人的讚美而做出許多努力，這時就算全世界的人都讚美他，我仍會露出不高興的臉，甚至羞辱他。因爲那些讚美都是膚淺的，我才不會和那些人一樣。不過，最後我一定會褒美他，這就是所謂最棒的讚美別人的角色，我會大聲地讚美他，聲音大到彷彿能貫穿天庭，等到那時，他就會慶幸自己一路走來努力不懈，會感謝神讓自己活著。我爲了成爲最後那個大聲讚美他的聲音，無論如何也要活到一百零九歲、不，即使是一百零八歲也好。我之前一直擔心自己能不能活到那個歲數，但最近我漸漸覺得這個想法很愚蠢。想要讚美孩子的時候卻反而必須責罵他，跟想生氣的時候必須忍住不要動怒，一樣都是令人痛苦的事。這麼痛苦的事，除了父親以外，不會有人願意代替我做，這就是所謂的溺愛吧，這是爲人父母的欲望。爸爸爲了能讓雷爾提斯順利長大成人、出人頭地，所以這麼痛苦的事也願意做，但最近總是覺得好寂寞啊。不，從今以後爸爸還是會繼續對你們說教，就像剛才，對雷爾提斯耳提面命了那麼多小事。但是說完之後，爸爸會突然覺得不安。也就是說，我漸漸開始了解，教育這件事，並不是如我所想的，只是引導孩子的心理而已，因爲孩子總會看穿父母引導的技倆。如何？爸爸也進步了不少吧。雷爾提斯很努力，但終究是男孩子，還是有心智單純的地方，我的巧妙引導還是會讓他上當，進而讓他奮發努力，這是那孩子的優點。因爲我知道這點，所以依然不時引導雷爾提斯，而且都成功了。剛才我一連說了一堆該注意的事，雷爾提斯一定覺得很煩，但他一定也知道爸爸終究是爲了他著想，打從心底感受到自己生存的價值後才口出此言的。但是，奧菲莉亞，喂、奧菲莉亞，再坐過來一點。爸爸從剛才就一直想說的是什麼？妳知道嗎？

奧菲莉亞　父親您要罵我。

波洛涅斯　又來了，馬上又來了。爸爸我啊就是害怕妳這點，尤其最近，爸爸更怕了。因爲我的引導對妳沒用，馬上就被妳看穿，以前不會這樣的啊。奧菲莉亞——沒錯，從剛才開始爸爸就一直在說妳的事，爸爸非常擔心妳才那樣說的，爸爸不會罵妳的。既然爸爸不會罵妳，爲什麼不把事情說得更清楚一點呢？就是這點讓爸爸覺得寂寞啊。我其實沒那麼擔心雷爾提斯，因爲我那樣大聲地斥責，他才會振作起來。但是，奧菲莉亞，最近我越來越沒辦法罵妳了，就連口氣重一點講點道理給妳聽都不敢，讓爸爸時常感到不安的就是因爲如此。原本想活到一百零九歲，但現在卻放棄這個想法，也是因爲如此。知道教育不只是引導孩子而已，也是因爲如此。會覺得要做一個最棒的讚美者是愚蠢的，也是因爲如此。讓我覺得自己是不是快要死了，奧菲莉亞，說到底，都是因爲妳。奧菲莉亞，別哭，來，把妳覺得痛苦的事情全部說給爸爸聽。從剛才開始，爸爸就一直期待妳開口。剛剛爸爸說了那麼多無聊事，都是希望能讓妳放鬆心情，對我開口坦白，爸爸我果然不能太常用這種技倆啊，抱歉，我不會再這麼狡猾了。來，爸爸已經不會再耍心機了，妳就信賴爸爸，把想說的都說出來吧。妳、妳站起來要去哪裡？不必逃了，來，坐下。妳不說的話那就爸爸來說吧。奧菲莉亞，剛才哥哥惹得妳很生氣，不是因爲錢的事對吧？

奧菲莉亞　父親，您太過分了，我該說的都已經說了。

波洛涅斯　好吧，只好這樣了。奧菲莉亞，妳眞是個笨蛋！雷爾提斯會生氣也不是沒有道理。今天早上某個僕役給了我難以入耳的忠告，雖然那是個出乎我意料的忠告，但和妳最近無精打采的樣子相比對一下，我就覺得似有其事。雖然我一直相信沒有那種事，但還是想要在不傷害妳的前提之下小心地問妳。我也確實盡量用溫和的語句問妳了，但妳還是保持沉默，甚至想從這裡逃走。但是，我都已經知道了。奧菲莉亞，你們的戀愛很脆弱，一點純真的地方都沒有，甚至不潔。爲什麼要一直隱瞞我們呢？我倒也很看得起那個人的態度，面色泰然地穿著喪服，對自己不檢點的行爲視若無睹，反而說起國王陛下和王后陛下的不是。時下的年輕人談起戀愛都是這樣的吧？妳喜歡就好。雖然身分懸殊，但現在也不像以前規矩那麼多了。妳爲什麼還不願意坦承一切呢？克勞迪亞斯大人又不是個不明理的人。我自己年輕的時候也常常做錯事，所以不會兇你們的。不過，一切都太遲了，已經鬧得人云亦云，難以收拾了。笨蛋，你們眞是笨蛋！沒有用的，不管妳再怎麼哭都沒用，再哭爸爸都要受不了了。所以，雷爾提斯都知道了嗎？

奧菲莉亞　沒有。哥哥說，如果發生這種事，他絕對不會讓那個人活下去。

波洛涅斯　果然。很像雷爾提斯會說的話呢。算了，還是別告訴他吧，如果讓他跳出來干涉此事，會被他鬧大。誰都無法承受這樣的事吧。唉，女孩子就是這點討厭。哼，奧菲莉亞，妳就這樣白白錯過了皇后的王冠啊。

III　城堡高台

人物：哈姆雷特、赫瑞修

哈姆雷特　好久不見！眞高興你來了。維藤貝格那邊狀況如何？大家都還好嗎？應該都沒什麼變吧？

赫瑞修　這兒好冷啊，不過有一股海濱特有的香氣。海風直直往岸上吹來，眞是冷得讓人受不了。這裡每天晚上都這麼冷嗎？

哈姆雷特　今晚還算暖了，前一陣子很冷，接下來會慢慢變暖。丹麥也終於要迎來春天了呢。對了，大家怎麼樣？都好嗎？

赫瑞修　王子殿下，比起我們，您近來如何？

哈姆雷特　幹嘛用那麼奇怪的語氣啊？看來，你們也聽到一些不好的謠言了，維藤貝格就是容易起謠言。赫瑞修，你好奇怪，爲什麼這麼見外呢？

赫瑞修　不，一點也不奇怪。倒是王子殿下，您眞的一切安好嗎？啊啊，好冷。

哈姆雷特　「王子殿下」嗎？你以前不是這樣叫我的。就像以前一樣叫我哈姆雷特吧。完全變得像個陌生人似的，你到底爲什麼來赫爾辛格？

赫瑞修　抱歉、抱歉，哈姆雷特殿下果然還是跟以前一樣呢，馬上就生氣了，看來很有精神啊，應該一切都很安好。

哈姆雷特　不要再用那種奇怪的語氣說話了！你一定是聽到什麼不好的謠言才來這裡的，一定是這樣。究竟是什麼事？是怎樣的謠言？說來聽聽。應該是叔父對你說了什麼無聊事吧，一定是這樣的，他明明什麼都不懂，卻硬要說些不必要的話。

赫瑞修　不是的，國王陛下寄來的信件情溢於墨，他說因爲王子寂寥，叫我來和你作伴，他沒有多說其他的，文體精鍊，有禮得不得了，簡直是令人動容的一封信。

哈姆雷特　你騙人，他一定在信上寫了什麼。我還以為這世上只有你是不會說謊的男子呢。

赫瑞修　哈姆雷特殿下，赫瑞修從以前就一直是您的好友，我不會說假話。那麼，我就將我在維藤貝格聽來的事情全都告訴您吧。不過，這裡眞的很冷，我們回房裡去吧。爲什麼偏要把我帶到這裡呢？您一直盯著我的臉看，一句話也不說，把我帶來這麼寒冷又黑暗的地方之後才說：「哎呀，好久不見。」連我都要起疑心了。

哈姆雷特　有什麼好起疑的？原來是這樣啊，我大概知道是爲什麼了，不過那還眞讓人驚訝啊。

赫瑞修　您知道是何事嗎？總之，我們先回房裡去吧，我沒穿大衣來啊。

哈姆雷特　不，我們就在這裡說吧，問題已堆積如山了，很想問你卻又不能讓其他人知道。這裡雖然很冷，但很安全，你就忍耐一下吧。人只要懷有祕密，隨時隨地都覺得隔牆有耳。最近我的疑心病也越來越重了。

赫瑞修　我明白。這次的事十分令人遺憾，畢竟我也有幸和先王有過幾面之緣……

哈姆雷特　可不是嗎，我的嘆息簡直沒辦法停下來。算了，總之先聽你說說在維藤貝格聽來的事吧。你冷的話，吶，我的大衣給你穿。在文明先進的國家留學很長一段時間之後，皮膚也變得比較好了。

赫瑞修　不好意思。早知道就帶大衣來了。那我就恭敬不如從命，借用您的大衣了。呼，這樣就夠了，穿上之後就暖和多了呢，謝謝您。

哈姆雷特　看來你還不打算講啊，難道你是專程跑回丹麥受凍的嗎？

赫瑞修　因爲眞的太冷了！眞是非常抱歉，失禮了。啟稟哈姆雷特殿下……咦，那邊的暗處好像站著一個人。

哈姆雷特　你在說什麼？那只是柳樹而已啊，底下閃著微微白光的，是一條小河，那條河雖然不是很寬，但是滿深的，之前都結冰了，最近才融化掉開始流動。你怎麼比我還膽小！不是說在文明先進國家留學很久的話──

赫瑞修　留學很久的話，感受力也會變得更加細膩。所以，這裡眞的沒有人會聽到？不論我說出多麼重大的事情都可以嗎？

哈姆雷特　別再裝模作樣了，我從一開始不就說這裡很安全嗎？就是因爲這裡安全才帶你來的啊。

赫瑞修　那麼我就說了，請您不要太過驚訝。哈姆雷特殿下，大學裡的人們都傳言說您發瘋了。

哈姆雷特　發瘋？真是胡說八道，我還以爲是什麼緋聞呢，眞是愚蠢。你見到我，不就明白了嗎？到底是從哪裡傳出這種謠言的？哈哈，我知道了，是叔父故意放話的吧？

赫瑞修　您怎麼又說這種話了，國王陛下爲什麼要宣傳這種無聊事呢？絕對不是的。

哈姆雷特　眞令人意外，你竟然這麼乾脆地否定了。山羊叔叔可是個浪漫主義者呢，我們成爲父子之後，他感慨我們的心反而離得十萬八千里遠，彼此之間的親子之愛轉變成憎恨，他被自己的誤解搞得悲傷不已；這次卻又方向一轉，因爲先王去世，繼子哈姆雷特承受不住悲痛的打擊而憂鬱、發瘋，他只好背負起王家的不幸，毅然決定接任王位，這才是克勞迪亞斯的眞面目啊。要是寫成劇本，這個地方一定是個精采的高潮。一定是叔父的宣傳啦，因爲他是個無論做什麼事，都想吸引眾人目光、奪取人氣的人，才會這樣把我當成笨蛋對待。他花了許多苦心想建立自己的地位呢，我看見他這樣子都替他覺得可憐。不過，他到底爲什麼要到處放話說我發瘋了呢？眞過分，叔父眞是個惡人！

赫瑞修　容我再說一次，這不是國王陛下故意宣傳的。哈姆雷特殿下，眞遺憾，看來您什麼都不知情呢？會傳到大學裡的謠言，來頭絕對沒有那麼簡單。啊啊，我不能再說下去了。

哈姆雷特　你說什麼？你那故弄玄虛的口氣眞令人發毛。我叔父究竟對你說了什麼？是要你來奉勸我好好反省，對吧？

赫瑞修　容我再說一次，國王陛下的信裡只有請我來陪您聊天而已。我想國王陛下可能連作夢都沒有想到，我竟然會把這麼可怕的謠言傳到您這裡。

哈姆雷特　是嗎？嗯，說不定眞是如此，如果眞的是叔父故意散布謠言到大學去，應該就不會做出把你召來我身邊這種危險的事，否則一切都會被識破吧。但如果不是他，又究竟是誰呢？我越來越搞不清楚了。不過無論如何，說我發瘋也太過分了！雖然對現在的我來說，遇到了這麼痛苦的事，如果眞的發瘋說不定還會好過一點。算了，這事待會兒再說。赫瑞修，你所說的謠言難道只有如此而已？聽起來似乎還有下文。你說吧，我沒事的，沒事。

赫瑞修　無論如何都得說嗎？

哈姆雷特　你很煩人。是你自己要說出來的，只說了一半，現在又膽小得想要逃避。難道維藤貝格最近流行這種無病呻吟的做作台詞嗎？

赫瑞修　那我就說了。既然您如此侮蔑赫瑞修的誠信，我就全都告訴您。希望您可以平心靜氣聽完，因爲眞的只是不值一提的無聊謠言，臣、赫瑞修原本就不相信這種空穴來風的傳言。

哈姆雷特　這種事無所謂啦。我還是第一次聽你用這麼生硬的語氣說話呢，我要生氣了。

赫瑞修　啟稟殿下，那個謠言，是關於最近赫爾辛格王城裡出現的幽靈——

哈姆雷特　這也太誇張了吧，赫瑞修，你是說真的嗎？我都要笑出來了！太蠢了吧！維藤貝格大學也墮落了，標榜的獨立科學精神到哪兒去了？可能因為最近大學興盛戲劇研究，所以有些不太聰明的笨蛋研究生端出了這種爛劇本，但即便如此，幽靈？想像力也太匱乏了吧。要是大家都覺得這劇本有趣而引起騷動，表示最近大學的品質也低落了。《幽靈．哈姆雷特的瘋狂》，嗯，頗像是下三濫的爛戲會取的劇名。叔父常常告訴我大學很無聊，看來是真的。叔父還滿聰明的嘛。如果我跟那些無聊的傢伙們繼續交往下去，跟他們一起隨著幽靈的謠言起舞，我想叔父也會打從心底不知該如何是好吧。真是的，就沒有聰明一點的謠言能傳嗎？

赫瑞修　我不相信這個謠言，但請您不要說母校的壞話，我會感到有些不舒服。

哈姆雷特　失禮失禮。但你不一樣，連叔父那種人都大力稱讚你啊！他說你是個誠實的男子，還說既然我不能去維藤貝格，那就把赫瑞修叫來好了。其實我不想回大學，但我想見你一面。

赫瑞修　殿下，我向您宣誓我的忠誠。另外，容我再說一次，剛才我告訴您的奇怪謠言，絕對不是從維藤貝格大學傳出來的，爲了維護母校的名譽，這點我一定要向您澄清。這則謠言是從赫爾辛格的城外發起的，後來傳遍整個丹麥王國，最後才傳到在國外大學的留學生耳裡。這謠言實在太無禮、太惡劣了，就連赫瑞修也不禁氣結。哈姆雷特殿下，之前您眞的沒有聽到一點風聲嗎？

哈姆雷特　這麼蠢的事我怎麼會知道？不過看來這謠言傳得很廣啊，謠言一旦傳得遠，聽的人也就無法當成笑話一笑置之了。不知道叔父和波洛涅斯那些人知道了沒？那些人的耳朵到底長在哪裡？就算聽到了也會裝作沒聽見嗎？那群人真是會裝模作樣。赫瑞修，那到底是什麼樣的幽靈？我也有點好奇。

赫瑞修　在那之前，我有件事無論如何都想請問您，可以嗎？

哈姆雷特　赫瑞修，我變得有點怕你了。快說吧，把所有事情都說出來，你再這樣拐彎抹角，我都想跟你絕交了。

赫瑞修　那我就說了。您應該會覺得這只是一件小事，還會取笑我想太多，我有自信您會做出這樣的反應。不過，爲了以防萬一，我還是得請問您，哈姆雷特殿下，您相信當今國王陛下的人品吧？

哈姆雷特　眞是個意外的問題。嗯，這是個難題啊，傷腦筋，該怎麼說好呢？好難啊。現在提這種問題幹什麼？不回答也無所謂吧。

赫瑞修　不、有關係。如果您現在不能明確回答我，我就無以奉告。

哈姆雷特　眞麻煩，你變得更固執了呢，以前不是這樣的。算了，我就回答你吧。到底爲什麼現在還來問我這種事啊？叔父他雖然有些不檢點，但不算是個壞人。可是你問我相不相信他的人品，這我也說不上來。是不是有什麼關於叔父的醜聞？說他壞話的人肯定很多吧，這次的事情也相當棘手，不過那當然不是叔父一人的決定，而是以波洛涅斯爲首的眾臣共同考量之後才成立的，再說以我現在的實力，也不是說即位就能馬上即位的。如今正是丹麥艱難的時刻，隨時都有可能和挪威引發戰爭，我現在還沒有足夠的自信能領導國家，所以叔父即位，我反而覺得輕鬆呢，是眞的。我沒有任何不愉快，因爲還想和你們膩在一起談笑打鬧啊。而且本來就是叔姪嘛，是最近的血親啊。我對叔父說了很多任性的話，故意惹他生氣，有時也輕蔑他，也常會故意鬧彆扭、不回他話，不過這就是叔姪之間的相處方式啊，我有時其實是在向叔父撒嬌，叔父一定也能理解我的。他是個好叔父，我覺得他的確是可靠的，但說到底他都只是個山羊叔叔嘛，不僅懦弱，也沒有什麼厲害的政治手腕，所以才會令人失望，即使他做了許多努力，但那些本來就不是他在行的事，眞叫人遺憾。他叫我喊他父親，我實在做不到，就連母親也做了令我爲難的事，大家都說爲了鞏固哈姆雷特王家的基礎，這樣是最好的做法，所以母后也被說服了，但事實又是如何呢？他們兩個都一把年紀了，可能是抱著能有個陪自己喝茶的伴就好了的心態才結婚的吧，但我還是感到很羞恥。不過我盡量告訴自己不要想太多。沒辦法，身爲人子，認爲自己父母親下流、低賤，是絕不可取的惡德，像我這樣惡劣的人子，是不配爲人的，不是嗎？我曾經寂寞得無以復加，現在則盡量要自己不去想，反正世上沒有任何東西是憑著我一己的愛恨欲念而運轉的，所以，他們的事就交給他們自己處理吧。如何？我這樣的回答夠了吧。反正事情很複雜，不過叔父不是個壞人，只有這點是確定的。他也許能當個小小的謀士，但絕不是大逆不道的惡人，他成不了什麼氣候。

赫瑞修　謝謝您，哈姆雷特殿下。聽到您這麼說，我就完全放心了，請您以後也不改初衷，繼續相信國王陛下。我喜歡現在的國王陛下，他知書達禮又爲人敦厚。哈姆雷特殿下，您剛才說的話，令我勇氣百倍，我向您致謝。哈姆雷特殿下，您果然像從前一樣開朗呢，判斷明快、毫不猶豫。眞好啊，我太開心了。

哈姆雷特　別拍我馬屁。你怎麼突然一下子心情又變得這麼好啊？眞會自得其樂。赫瑞修，你也還是像從前一樣，個性毛毛躁躁的呢。所以呢？還有什麼謠言？說我發瘋、有幽靈出現，然後咧？還有什麼？難道有老鼠嗎？

赫瑞修　是比老鼠還要愚劣的謠言，不堪得難以說出口、毫無道理，簡直是丹麥之恥啊！哈姆雷特殿下，我就告訴您吧，不，那簡直是無禮到了極點，奇怪至極、骯髒低級！

哈姆雷特　夠了，你用了那麼多形容詞但什麼也沒形容到，難不成你也加入了維藤貝格大學的戲劇研究社？

赫瑞修　是這樣的，我的確是有點想要演演憂國詩人的角色。現在我真的放心了，剛才哈姆雷特殿下做出如此明快的判斷，我才能放寬心開開玩笑。哈姆雷特殿下，請您不要取笑我說的話，事實上，有個愚蠢的謠言正在流傳，您聽了一定會笑出來的，可是這個謠言已經傳遍整個丹麥王國，還傳到身在國外大學的我們的耳裡，所以我想也無法輕易地一笑置之，您得謹慎應對才行啊。雖然我連說出來都覺得蠢，但還是希望您不要笑。哈姆雷特殿下，謠傳先王的幽靈每晚都會出現，要求您……替他報仇啊。

哈姆雷特　要求我？好奇怪。

赫瑞修　真的，太不像話了，而且不只如此，還有更愚蠢的後續。謠傳裡，那個幽靈是這麼說的：「吾輩爲克勞迪亞斯所殺，因克勞迪亞斯戀慕吾妃——」

哈姆雷特　這太誇張了，怎麼可能戀慕啊？我母親都戴全口假牙了。

赫瑞修　所以我才說您聽了不要笑出來啊，請繼續聽下去，還沒完呢。幽靈說：「他爲橫取吾妃、奪得王位，於吾午間小寐、警戒鬆懈之時潛近吾身，於吾耳中灌入劇毒，事實如此。此人計謀周全，是吧？哈姆雷特啊，汝若有孝心，切莫吞忍此恨！」

哈姆雷特　夠了！我知道你是在模仿幽靈，但我不想看到你模仿我父親的聲音和容貌！死者爲大，應該嚴肅以待。你玩笑開得有點過頭了。

赫瑞修　對不起，我太入戲了。我絕對沒有忘記先王的德望。都是因爲這個故事實在太蠢了，所以才開玩笑開過了頭，對不起。我的無心之過觸碰到哈姆雷特殿下的傷心事，赫瑞修今後絕不再如此輕率。

哈姆雷特　不要緊的，我那麼大聲罵你也很失禮，太任性了，希望你不要介意。接著說吧，那個幽靈後來怎麼樣了？繼續說下去，這謠言實在太異想天開了。

赫瑞修　是。那幽靈幾乎每晚都會站在哈姆雷特殿下的床頭，向您提出復仇的要求，哈姆雷特殿下因爲恐懼、疑心及苦悶，才會漸漸失去了理智。這根本是空穴來風。

哈姆雷特　這是有可能的。

赫瑞修　咦？

哈姆雷特　這是有可能的事喔。赫瑞修，如此過分的謠言在外流傳，我覺得好難過。

赫瑞修　所以嘛，我不說出來還比較好。

哈姆雷特　不，我能知道絕對是好事。「汝若有孝心」嗎……哈哈，赫瑞修，那個謠言是眞的。我太容易相信別人了。

赫瑞修　您在說什麼？您這麼說就是惱羞成怒了呀。這只不過是一群賤民說的八卦罷了，哪有什麼根據可言？

哈姆雷特　你不懂。我好不甘心。你不會懂的吧？被毫無根據的事情侮辱，跟被有著明確根據而起的謠言中傷，哪一種比較令人不堪？你想一想。我一定會找出根據的。哈姆雷特王家的人，不論是父親、叔父、母親或是我，因爲這種毫無根據的事被人民嘲弄，我無法忍受這種事。一定有什麼根據才會傳出這種謠言。說不定就是因爲眞有什麼依據，才會被傳到煞有介事，而且如果眞的有，我反而還比較輕鬆。我無法忍受無憑無據的不當侮辱。哈姆雷特王家已經被人民嘲笑了，叔父還眞可憐，他都那麼努力了，還被傳出這種謠言，簡直要讓他前功盡棄。太過分、太令人不快了。我直接去找叔父，不找出點什麼線索來我不能安心。赫瑞修，你會幫我吧？

赫瑞修　這件事我也有責任。啊啊，請交給我去辦吧。哈姆雷特殿下，恕我失禮，但我覺得您似乎在鬧彆扭，而且是故意鬧彆扭，剛才還笑得那麼無邪不是嗎？這原本就是個無憑無據的低俗謠言，您現在莽撞地去國王陛下那兒，可就闖了大禍呀，只會造成國王陛下的麻煩。我完全相信您剛才的明快判斷，難道您已經忘記了嗎？您剛才不是說信賴國王陛下的嗎？難道那是隨口說說的？

哈姆雷特　信賴有程度之分啊，侮辱也有程度之分。難道我的父親是個變成幽靈就會說出這種骯髒愚蠢之事的人嗎？唉，每件事都很愚蠢，既然這樣，乾脆我就真的發瘋算了，會比現在開心吧。赫瑞修，我在鬧彆扭，我就是要鬧彆扭。你不懂，你不會懂的。

赫瑞修　晚一點我再和您好好談一談。臣赫瑞修一時失態，卻沒想到您會如此激動，哈姆雷特殿下，您果然一點也沒變呢。

哈姆雷特　啊啊，當然沒變，我一樣是個善變的人。你說我冒失輕率也可以。我修養還不夠啊，我不是個被別人當成笨蛋對待，還能一笑置之的大人物。赫瑞修，那件大衣還我，現在換我覺得冷了。

赫瑞修　謝謝您借我大衣。哈姆雷特殿下，明天我想再和您好好談一談。

哈姆雷特　如你所願。赫瑞修，你在生氣嗎？啊啊，聽得見海浪的聲音呢。赫瑞修，今晚我想告訴你一個更大的祕密，你願意再陪我一下嗎？關於剛才你說的謠言，我還想跟你聊聊，然後我會告訴你一個令我痛苦的祕密。

赫瑞修　還是明天吧，我們彼此都冷靜下來後再繼續聊，今晚就請到此爲止，我也想再仔細思考一下。我到底爲什麼不穿大衣來呢？

哈姆雷特　眞是敗給你了。你不相信別人單純的激動，這樣可不行，那就好好休息吧。赫瑞修，我是個不幸的孩子。

赫瑞修　臣知道，赫瑞修永遠都會站在您這邊。

Ⅳ　王后的起居間

人物：王后、赫瑞修

王后　是我拜託陛下把你從維藤貝格請來。昨晚你見到哈姆雷特了吧？狀況如何？是不是很糟糕？為什麼那孩子突然就變成那樣呢？說的話沒有一句是有條理的，動不動就發怒，我們以為他生氣了，他卻開始傻笑，當我們以為他心情變好了，他又當著一大群臣下的面哭啼啼，還會對陛下說些瘋言瘋語，像是「我吃定你了」之類的。為了他一個人，你不知道我吃了多少苦。以前他比較懦弱，經常一副畏畏縮縮的樣子，但不是非常嚴重，偶爾會發明一些怪點子來逗我們笑，擁有非常天真無邪的一面。他父親因為年老得子，所以非常疼愛他，我也就只有這麼個兒子，所以只要他喜歡我們都依著他，但這樣的教養方式，對那孩子來說並不好。父母親都上了年紀才生的孩子，似乎能力都不及人。但他也不能永遠這樣賴著父母撒嬌。這孩子很喜歡他那過世的父親，就算上了大學，休假時回到城裡來，也總是從早到晚一個人待在父親的起居間裡不出來。小的時候更嚴重，只要一看不到父親的蹤影，就馬上心情不好，到處問侍從：「父王在哪？父王在哪？」問得我們都拿他沒辦法。對那孩子而言，父親心臟病意外去世，一定頓時手足無措吧。自從先王驟逝以來，那孩子就變得很奇怪。再加上我……嗯，說來很難爲情，但爲了丹麥王國著想，我便和克勞迪亞斯大人結爲名義上的夫婦，這件事對那孩子而言也是相當意外吧，他才會變得更加鬱鬱寡歡。仔細想想，就覺得那孩子眞可憐，會變成那樣子也不無道理。但是，那孩子可是丹麥王國的王子，哈姆雷特啊，終究是要繼承王位的人，總有一天父母都會離他而去，他若還是一樣這麼愛哭、愛鬧彆扭，會被臣子們瞧不起的。現在是一個重要的時刻。雖然我和克勞迪亞斯大人結婚，但我並不會搬到其他的城，我還是會像現在一樣，畢竟是哈姆雷特的生母，所以會繼續和他一起生活，而且當今的國王也不是陌生人啊，是以前和哈姆雷特很親近的叔父，哈姆雷特要是能把他乖僻的想法改一改，一切就圓滿了。克勞迪亞斯大人也一改過去許多輕浮的行爲，爲了立下不輸給先王的功績而努力不懈著。他也很擔心哈姆雷特，但畢竟是親戚，現在又是繼父子的關係，彼此之間有許多顧慮，我夾在他們二人之間，總是覺得提心吊膽的。哈姆雷特現在就是完全不把他叔父當一回事，這樣是不行的，好歹都成了父子，哈姆雷特應該盡到爲人子的禮儀，畢竟，他已經不再是以前的山羊叔叔了。丹麥王國如今正是危急之時，聽說挪威已經派出軍隊逼進國境了，這麼重要的時刻，那孩子卻不知在搞什麼鬼。要是他能態度好一點，和我們親近一點，那麼赫爾辛格王城的人心就能安定，陛下也能專注於外交談判上，有更好的表現。眞是個笨孩子啊。我認爲他身爲丹麥王國王子的自覺還不夠，都已經二十三歲了，卻還像個小女孩一樣，一天到晚追在先王和母后後頭。

赫瑞修，你今年幾歲了？

赫瑞修　託您的福，今年二十二了。

王后　是嗎？哈姆雷特大你一歲，算起來應該是你的兄長，但你體格健壯，學校成績也好，態度又非常沉穩大方，看起來還比哈姆雷特成熟五歲呢。令尊令堂都還好嗎？

赫瑞修　多謝王后的關心，家父家母還是一樣住在鄉間的城堡裡，每天都過得悠哉安樂。這都是託國王陛下的仁政之福啊！

王后　我很羨慕你母親，有一位這麼優秀的兒子，是多麼驕傲的事啊！相較之下，我在哈姆雷特身上完全看不出他將來的成就，他總是因爲一點小事就傷心不已、又哭又罵的——

赫瑞修　恕我反駁您的話，哈姆雷特殿下……不、是王子殿下……不，哈姆雷特殿下絕對不是那麼差勁的人，他是我唯一尊敬的人，反倒我才是不成器，總是冒冒失失的，老是被哈姆雷特殿下罵。我非常喜歡哈姆雷特殿下，所以站在他面前時總是語無倫次。哈姆雷特殿下很聰明，我心裡想的事，總是還沒說出口，他就知道了。我完全比不上他。

王后　這也不能算是那孩子的優點。我了解你想要袒護好朋友的心情，但也不必特地舉出那孩子的缺點來褒美他。那孩子從小就特別會看人臉色，但這反而是性格懦弱的證據，這對堂堂男子漢而言，是不必要的技能。

赫瑞修　恕我反駁您的話，我認為您不能把哈姆雷特殿下講得如此一無是處。我的母親從來不會比我先進寢室就寢，總會一直保持清醒直到我睡著為止，就算我對她說：「妳先去睡吧。」她也絕對不會先睡，而會說：「你不只是我一人的孩子，你將來會成為國王手下的一位優秀臣子，我是為了國王照顧你，所以絕對不能做出失禮的事。」像我這樣不成器的孩子，我母親也打從心底敬愛我，這使我想要更努力。王后陛下，您把哈姆雷特殿下批評得有點過頭了，會讓哈姆雷特殿下無地自容的。王后陛下，您忘了嗎？您剛才說，哈姆雷特殿下是丹麥王國的王子，他不僅僅是王后陛下一個人的孩子，也是我們從今以後該捨身守護的主人。請您要更加珍惜哈姆雷特殿下。

王后　哎呀哎呀，眞沒想到我反而被你要求呢。我了解你對哈姆雷特的忠誠之心，但果然還是稚氣未脫，不許你再用這麼高傲的語氣說話。親子之間的眞情，不是外人能了解的，也絕對不是能常常掛在嘴邊的事。令堂的確是位賢母，和我的做法或有不同，但我絕對不會故作清高地說出來。親子之間的事，讓親子來處理就好。臣子的立場和王家的立場相當不同，所以，我不允許你再這樣因爲一時的狂熱而做出失禮的指責。哈姆雷特對你說了些什麼？

赫瑞修　啟稟王后陛下，並無任何異樣——

王后　你不必突然用這麼生硬的敬語也沒關係，剛才的活力都到哪兒去了？這樣會被別人說你跟哈姆雷特很像喔。男孩子就要像個男孩子，就算被斥責也要面不改色地應答。哈姆雷特又說了我們的壞話，對吧？

赫瑞修　恕我反駁您的話……不、恕我、恕我……斗膽……

王后　你在說什麼啊？男孩子被嚇得抖成這樣是很難看的。除了你魯莽的指責以外，不管是要反駁我或其他任何事我都允許你，你就像個男子漢一樣直截了當地說出來吧。哈姆雷特說了什麼關於我們的事嗎？

赫瑞修　哈姆雷特殿下說他深感遺憾，並對您致上同情。

王后　同情？遺憾？都好奇怪。你是不是又在袒護他？是不是他又用了什麼方法封住你的口？

赫瑞修　不是的，恕我反駁您的話，哈姆雷特殿下並不是個會做出封住我的口這種卑劣行爲的人。哈姆雷特殿下無法當面對別人說的話，背地裡也絕對不會說出來，如果他有想說的話，一定會當面對別人說。大學時代的他就是這樣的人，現在一定也是如此，哈姆雷特殿下一直都是這樣的人。

王后　你只要一說到哈姆雷特，口氣馬上就變得強硬，也變得更大聲了，看得出來你們相當要好。哈姆雷特總是忘記自己的身分，又從不知吝嗇爲何物，所以才很受晚輩歡迎吧。

赫瑞修　王后陛下，我無可奉告，我不會再做任何回答。

王后　我不是在說你。你不是哈姆雷特的好朋友嗎？不只是哈姆雷特，連我也需要你的幫忙。像現在這樣和你談話的過程中，我也了解了許多事情。你衝動易怒的個性，眞的很像哈姆雷特呢。現在的年輕人似乎都有相似之處。別嚇得臉色發白，更坦誠地告訴我吧。哈姆雷特不是個會背地裡說別人壞話的孩子，這件事我還是聽你說了才知道，如果這是眞的，那我也會感到高興，沒想到那孩子也有優點啊。

赫瑞修　所以我剛才——

王后　夠了！我不會原諒你逾矩的指責。你們總是這麼容易激動，這樣是不行的。哈姆雷特又爲什麼會說遺憾或同情我們之類的話呢？一點也不像平常的他。你說的都是眞的嗎？

赫瑞修　王后陛下，現在就連我都替您感到遺憾。

王后　你又說這種話了。你們的壞習慣就是揶揄長輩。爲什麼替我感到遺憾？說，開門見山地說。我最討厭這種故弄玄虛的語氣。

赫瑞修　啟稟王后陛下，因爲王后陛下一點也不了解哈姆雷特殿下的心。哈姆雷特殿下昨晚語重心長地對赫瑞修說，他已是弱冠之年，卻還造成叔父和母親許多困擾，深感遺憾。哈姆雷特殿下也說，叔父代替他即位，他卻不知道該如何幫助叔父。哈姆雷特殿下相信現王對他的愛，他有時會說些任性的話，或故意惹現王生氣，但那是因爲叔姪之間的愛使他安心的緣故。哈姆雷特殿下又說：「我們之間不是血緣最近的血親嗎？沒什麼好在意的。我可能是在向叔父撒嬌，叔父應該能夠理解我才對，但他卻把我們之間的親子之愛誤解爲憎恨，這太可笑了。」哈姆雷特殿下還說：「我真的很喜歡叔父。」赫瑞修聽到此話，感動得簡直要喜極而泣了，我在心中大喊著丹麥萬歲！哈姆雷特殿下真是位優秀的王子，不會隨便懷疑別人，他的決斷就像吹過麥田的春風一樣，溫和爽朗又明快，沒有一點遲疑。哈姆雷特殿下對赫瑞修說到王后陛下時，也都充滿著對親生母親的絕對信賴和驕傲。哈姆雷特殿下說：「身爲人子的我對叔父和母親結婚這件事做出許多低劣的批評，這是最大的惡德，我不配爲人。」

王后　誰？誰不配爲人？你再說一次，再清楚地說一次。

赫瑞修　王后陛下，我想我應該已經說得很清楚了，哈姆雷特殿下的意思是，身爲人子的他，對王后陛下再婚這件事做出許多不堪的想像，如此卑劣，缺乏德行，不如死了算了。哈姆雷特殿下的氣質高尙，個性明快，他的人品彷彿山中的湖水那樣澄澈。赫瑞修昨晚得了哈姆雷特殿下不少珍貴的教誨，哈姆雷特殿下是我們許多同學的模範。

王后　眞是了不起，你如此褒獎哈姆雷特，聽得我都要臉紅了。你尊敬的人一定不是我的孩子，是另外一位剛好也叫哈姆雷特的優秀孩子吧。我怎麼也無法想像那孩子竟然會說出這麼有男子氣概的話。你爲什麼要處處隱瞞呢？沒有親生母親不知道自己孩子的性格，不、應該說是弱點，因爲那些弱點也就是母親的弱點，我也不是個完美無缺的人，而我身爲人的那些不足之處就這樣悲慘地遺傳到了那孩子身上。我對那孩子的每一件事都很清楚，連他右腳小趾那髒黑的趾甲頂端我都知道。你想在我面前指鹿爲馬、含糊交差是行不通的。你還有什麼事在隱瞞著，請全部說出來吧。哈姆雷特如果眞的像你剛才所說的那樣，是個明理又直率的孩子，那我也就能放心了。但我就是無法相信，就是覺得你在對我說謊。你是個不擅說謊的純眞孩子。你剛才說到那孩子爽快的一面，其實我很早就知道了，昨晚是他故意露出良善的一面給你看的吧，不過除此之外，你似乎還在隱瞞些什麼。見到那孩子最近的樣子，馬上就能猜到是什麼事，但那孩子的本意絕不是像你所說的那樣純粹、令人信服，怎麼想都只覺得，他只是故意對親人撒嬌鬧彆扭罷了。赫瑞修，你願意說了嗎？請告訴我眞正的事實。正因爲身爲他的母親，才會如此懷疑他的行爲。你百般爲哈姆雷特辯護，我也深感欣慰，哪有什麼不値得高興的呢？哈姆雷特有像你這樣的好朋友眞幸運。但我的擔心是更深層的，如果眞有什麼事令那孩子痛苦，直接來告訴我不就好了？我每天都爲此事煩躁不已，但哈姆雷特不是顧左右而言他，就是含糊帶過。我只是希望哈姆雷特能讓我這個做母親的一同分擔他的憂慮，在不被其他人知道的情況下把事情順利解決。你懂嗎？母親就是這樣愚笨的生物。剛才對你說了許多哈姆雷特的負面評價，但這絕對不代表我討厭哈姆雷特。這種話雖然是天經地義，但要說出口還是很難為情的。在這世上，我最愛的就是那孩子，愛到超越了一切。我不忍心看那孩子一人悶悶不樂。赫瑞修，我請求你，請助我一臂之力。哈姆雷特究竟為何事所苦？你應該知道。

赫瑞修　王后陛下，我真的不知道。

王后　你又——

赫瑞修　不不不，很遺憾，我真的不知道。其實，昨晚……我相當失態。哈姆雷特殿下的內心確實如王后陛下所說，有特別的苦惱存在，也非常想要告訴我，但是我昨晚沒有穿大衣，天氣又非常寒冷，因此一直無法靜下心來恭聽哈姆雷特殿下的話。我真是個笨蛋，沒辦法幫上任何忙。這也就算了，昨晚我還差點鑄下大錯。王后陛下，真是太糟糕了，我簡直成了一個特意從維藤貝格來此處放火的人。昨晚我在床上喃喃自語，完全無法入睡。責任全都在我，請務必讓我戴罪立功，收拾這個殘局。今天我還會和哈姆雷特殿下好好談談。

王后　你到底在說些什麼？我一點也聽不懂。你們說的話簡直就像從雲端降下的幽靈一般，完全無法理解，也完全猜不到個所以然。你說的到底是什麼意思？是不是和哈姆雷特吵架了？眞是這樣的話，我可以替你做主。一定是爲了無意義的哲學議論而吵架的吧？這沒什麼好擔心的。

赫瑞修　王后陛下，我們已經不是小孩子了，事情沒有那麼單純。我在一個平和的家庭中放了火，背叛了所有我喜愛的人……我是猶大，不、我簡直比猶大還惡劣。

王后　怎麼突然就哭起來了呢？一個大男人，這樣多難看啊。該怎麼辦呢？你們平常的遊戲難道就是誇張地表演這種猶大放火的戲碼，說些做作的話，然後又笑又哭的嗎？真是難得一見啊，了不起。

赫瑞修，你退下吧。今天就算原諒你了，但以後要多注意。

人物：國王、王后、赫瑞修

王　原來妳在這啊，吾找了好久。啊啊，赫瑞修也在啊，那正好。今天早上你來請安的時候，吾因爲太忙了，沒辦法好好跟你說話，但吾有很多想要跟你商量的事。怎麼沒什麼精神？發生什麼事了？

王后　我已經叫赫瑞修退下了，他說他是個像猶大一樣放火的人，這麼一個大男孩，說著說著竟然就哭起來了。眞是沒用。

王　猶大放火？這吾倒是第一次聽到。一定有什麼理由吧。王后妳也不能因爲這麼一點小事就動怒。赫瑞修是個認眞老實的人。待會兒我們再好好聊一聊。

赫瑞修　恕我失禮，其實是我一時分心，我見到王后陛下展露出對孩子的眞情，不禁銘感五內，變得語無倫次。請您原諒我。抱歉讓您見到我的醜態了。

王　赫瑞修，等等，你不必退下，留在這。吾也有事想要告訴你。再靠近一點，因爲這不是能大聲說出來的事。葛楚德，吾很驚訝。吾終於知道了，讓哈姆雷特鎮日心神不寧的原因，吾終於知道了。

王后　是嗎？果然是因爲我們的事？

赫瑞修　不，責任全都在我身上，請務必讓我——

王　你們兩人都在說些什麼呀？先冷靜下來吧。吾也坐下來好好講，赫瑞修，你坐這，吾有想要與你商量的事。吾剛剛才從波洛涅斯那裡聽到這件事，感到十分驚訝，完全是吾想不到的事，波洛涅斯也向吾提出了辭呈。王后，妳千萬別太驚訝，冷靜聽吾說。吾雖然暫時壓下了這件事，但這事很傷腦筋啊，是奧菲莉亞——

王后　奧菲莉亞？這樣啊。我也一度懷疑過。

王　別站起來，葛楚德，坐下。冷靜一點，仔細想想。赫瑞修，如你所聽見的，這眞是件顏面盡失的事。

赫瑞修　原來如此，這件事果然是有幕後主謀的。奧菲莉亞就是波洛涅斯大人的千金吧，她有著那麼一張美麗的容顏，卻捏造出毫無根據的謠言，惡意中傷如此和平的哈姆雷特王家，不只傳遍丹麥全國，還散布到維藤貝格的大學裡，眞是個不可輕忽的人。那麼，原因是爲何呢？是因爲戀情無法順利結果而心生怨恨？還是——

王后　赫瑞修，你還是退下吧。你根本什麼都不知道，只會說些夢話。是奧菲莉亞懷孕了。

王　王后！請妳愼言！吾都還沒說出口呢。這對男人而言是難以啟齒的事，直接說出來是很殘酷的。

王后　女人對身體的反應是很敏感的。不管是誰看到奧菲莉亞最近身子不適的情形，都會做出一樣的懷疑。眞笨。赫瑞修，你清醒點了嗎？

赫瑞修　不，彷彿還在作夢。

王　這是當然的，對吾而言也簡直像在作夢一樣。不過這件事可不能就在我們的嘆息中結束，所以，赫瑞修，吾有一件事要拜託你。你是哈姆雷特的好朋友對吧，一直以來，你們都是無話不談的好朋友吧。

赫瑞修　是的，到昨天爲止我們都很要好，但現在我已經沒有這樣的自信了。

王　你沒有必要露出一臉失望的樣子。冷靜思考一下，這也不是太令人意外的大事。這兩個月裡，先是先王的葬禮，接著是吾的即位大典和祝賀儀式，還有吾和王后的婚禮，這些事情都讓城裡忙成一團。在這混亂之中，哈姆雷特因爲無法承受先王崩逝的悲痛，而轉向某人尋求溫柔的慰藉，那個人就是奧菲莉亞，他只是把溫柔的撫慰誤認爲是戀愛。不知道哈姆雷特如今對奧菲莉亞抱持著什麼樣的情感，說不定已經開始漸漸冷淡了。如果是這樣，事情就好辦了。只要把奧菲莉亞暫時軟禁在鄉間，就能解決一切。這謠言已經在城裡傳得滿天飛，波洛涅斯也怕得不得了，但不管是鬧得多嚴重的謠言，只要過了六個月就會被大家遺忘。波洛涅斯會巧妙地幫吾處理奧菲莉亞的事，吾也會盡吾所能來解決。這件事就交給吾和波洛涅斯吧，我們絕對不會讓奧菲莉亞的前途毀於一旦，這你可以放心。總之你先和哈姆雷特好好談談吧，要突破他的心防，問進他心中最眞實無僞的底層。吾絕對不會做出傷害他的事。

王后　赫瑞修，這個請求讓你很爲難吧。如果是我，我會拒絕。罪魁禍首是哈姆雷特，他必須負起責任，應該讓那孩子去承擔一切的。國王就是太了解哈姆雷特了，雖然國王年輕時也放蕩過，但和現在的年輕男孩的心情終究還是有些不同。

王　男人的心情不管到了什麼年紀都不會變的，哈姆雷特一定會對此刻的吾打從心底臣服。赫瑞修，你認爲如何？

赫瑞修　我、我……我去問問哈姆雷特殿下。

王　嗯，那好，記得要問進他心坎裡最無防備的地方，也要平緩地傳達我們的想法。吾很看重你，那就拜託你了。因爲哈姆雷特不久就要迎娶英國的公主了。

王后　那我去和奧菲莉亞談談。

V　走廊

人物：波洛涅斯、哈姆雷特

波洛涅斯　哈姆雷特殿下！

哈姆雷特　啊啊！嚇我一跳！原來是波洛涅斯啊，你站在那麼陰暗的角落做什麼？

波洛涅斯　哈姆雷特殿下，我一直在等您！

哈姆雷特　什麼啊？好噁心，請你放手！我正在找赫瑞修，你知道他在哪兒嗎？

波洛涅斯　請您不要顧左右而言他，哈姆雷特殿下，今天早上我已經提出辭呈了。

哈姆雷特　辭呈？爲什麼？出了什麼問題嗎？你太草率了，現在的你可是赫爾辛格王城裡不可或缺的人啊。

波洛涅斯　您在說些什麼？就是您這張天眞無邪的臉孔，一直欺騙我到現在。昨天我終於聽說了在城裡流傳的那則可悲的謠言。

哈姆雷特　謠言？什麼嘛，原來是那件事啊，不過那也是件重要的事。我才是被你給騙了呢！聽到那樣的謠言，還能裝得若無其事，這種事我可做不來。我原本眞的毫無所知，是昨晚才從某人那裡聽到，大吃一驚。但你竟然一直都不知道，眞令我意外，這跟平常的你不太像啊，也太大意了。你不可能一無所悉。如果你眞的不知道，那也許會引發必須引咎辭職的問題，但像你這樣的人，不可能不知道。

波洛涅斯　哈姆雷特殿下，恕我失禮，您的精神狀況眞的正常嗎？

哈姆雷特　你說什麼？別把我當笨蛋耍！你這不是就親眼看到了嗎！難道，連你也相信那個謠言？

波洛涅斯　眞是說謊的天才！眞會模糊焦點！哈姆雷特殿下，請您停止這種粗劣的手法，年輕人就該有年輕人的樣子，您應該把話說得更清楚一點。已經沒有什麼事好隱瞞了，因爲，昨天我已經直接從本人那裡聽說了。

哈姆雷特　什麼？你到底在說什麼啊？波洛涅斯，你不覺得你說得太過分了嗎？我從來不曾高傲地覺得我是你的主人，但你所說的話，就算是親近的摯友也沒辦法一笑置之。我就如你們所猜測的，是個沒用、軟弱又游手好閒的人，沒辦法爲你們做任何事，但我爲了丹麥王國，也是隨時可以犧牲性命在所不惜的，我理當爲哈姆雷特王家的將來盡心盡力。波洛涅斯，你說得太過分了。你幹嘛露出一副惡狠狠的樣子，生這麼大的氣？這是很失禮的。

波洛涅斯　如您所見，我已經連眼淚都流不出來了。這就是我二十年來親手拉拔長大的孩子嗎？哈姆雷特殿下，波洛涅斯覺得這一切簡直像在作夢。

哈姆雷特　眞傷腦筋，波洛涅斯果然也上了年紀了呢，向來睿智的人竟然也會相信我發瘋的謠言，完了完了。

波洛涅斯　發瘋？說得沒錯，現在的您確實是發瘋了，以前的哈姆雷特殿下無論如何都不可能像現在這樣。

哈姆雷特　看來似乎大家都認爲我瘋了呢。這麼說來，波洛涅斯，連你也相信那個謠言囉？

波洛涅斯　相信又怎樣？不相信又怎樣？事到如今您還在說什麼啊？夠了，請您停止那種卑鄙的口氣。

哈姆雷特　卑鄙？我哪裡卑鄙了？爲什麼說我卑鄙？你眞的是太失禮了！我有必須向你道歉的事，所以一直以來都對你相當客氣，就連現在，我都已經忍住好幾次想要打你的衝動，才能在這跟你說話，但你卻對我越來越不敬，還滔滔不絕地含血噴人，我實在無法寬赦。波洛涅斯，我就明白地說吧，你是個不忠之臣，你竟然聽信對叔父不利的謠言，嘲笑母親，還以爲我眞的發瘋了，你是哈姆雷特王家最可畏的背叛者！也沒有提出辭呈的必要了，你現在就給我消失！馬上！

波洛涅斯　原來如此，你還眞有一手呢，出的這一招，連智者波洛涅斯都想不到啊。波洛涅斯的確是如您所說的，上了年紀了。原來如此，還有另一則不好的謠言，現在您只希望把那個謠言鬧大，才能使大家轉移焦點，不再注意另一個攻擊你生活不檢點的不利謠言。因爲不想讓自己的醜事被大家說三道四，就把別人的謠言加油添醋到處宣傳，然後再露出一副苦惱的表情說：「眞傷腦筋啊！」原來如此，您的態度還眞聰明啊，這樣就改變了醜聞的風向，克勞迪亞斯陛下正在傷腦筋呢。啊、好痛！哈姆雷特殿下，您在做什麼？太過分了！您竟然打我！啊！好痛！果然是瘋了，我輸了。

哈姆雷特　我還要打你另一邊的臉頰呢，因爲你的臉很油，很好打。我再也不想跟你說話了！

波洛涅斯　等等！我不會讓你逃走的！哈姆雷特殿下，您果然很卑鄙，託您的福，我已經家破人亡了，我得避到鄉間，變成平民百姓，做一個貧窮的老爺爺度過我的餘生。雷爾提斯也眞可憐，才剛勇敢地踏上前往法國的旅途，馬上又得被叫回來了，那孩子的將來也變得一片黑暗啊！還有，還有——

哈姆雷特　我會和奧菲莉亞結婚，請您不用擔心。波洛涅斯，既然你恨我恨成這樣，我也不妨坦白地告訴你。我原本以爲您是一個有度量的讀書人，是一個爽朗、明理的好人，至少是一個會站在我這邊的人。我有必須要向您道歉的事，關於那件事，我一直都想找時間和您談談，本來想請您幫助我的。如您所知，我和叔父以及母親一直處不好，我很煩惱這件事，我也不是故意要和他們處不好，但我就是沒辦法，心裡始終有條線跨不過去，沒辦法和他們好好相處。我沒辦法向他們坦承我痛苦的祕密，無論如何都沒辦法，每天晚上一個人夜不成眠地煩惱著。因爲我沒辦法信任他們，我覺得，要是我眞的向他們坦白，反而會造成反效果，所以最近我都盡量避開他們。我覺得好可怕，有一種晦暗的、令人不快的感覺，光是看到他們的臉都讓我驚恐不已，使我什麼都說不出口。他們不是壞人，總是爲我操心，這些我都知道，或許他們都深愛著我，但是，我就是不喜歡，也不想跟他們商量。波洛涅斯，你是我最後一個可以依靠的人，就算我走投無路，仍能向你坦誠一切，請求你的原諒，今後任何事也都可以找你商量。不知爲何，我就是覺得你一定會原諒我們。剛才我被你叫住的時候，突然神經一緊，心想：「時候到了！」這正是個好機會，我已經下定決心，要對你說出一切了，但一見到你蒼白的臉，又一副手忙腳亂的樣子，我突然就退縮了，正當我要逃走的時候，你又抓住我的手，說你提出辭呈了云云，你突然告訴我一件這麼嚴重的事，我就覺得是不是有其他事發生了，接著你才說，是因爲城裡的謠言，我才想到，啊，原來是那件事啊。我絕對不是故意想轉移話題的，我不是那麼卑鄙的男人。

波洛涅斯　您眞是辯才無礙，找藉口的技巧眞是高明。但是，我，波洛涅斯，已經不會再上第二次當了。事到如今，您也沒有必要再搬出克勞迪亞斯陛下和王后陛下來刻意製造問題了吧。那些只是你拿來遮羞的道具，太牽強了。您果然還是想要模糊焦點。關於眼前的問題，就讓我問得更直接一點吧。

哈姆雷特　疑心病還眞重。既然你這麼窮追不捨，那麼我也說得更直白一點。到昨天爲止，我的煩惱就只有一個，就是奧菲莉亞，只有這個而已。但是昨晚，我聽說了另一件讓我不愉快到了極點的事情，這件事比奧菲莉亞的事還要嚴重好幾倍，然而你卻馬上露出冷笑，說我改變了醜聞的風向，又搬出一堆遮羞的道具等等。絕對不是那樣的。昨晚我很痛苦，很寂寞，寂寞到無以復加，躲在被窩裡哭泣，那是一種既愚蠢又憤怒、又令人心有不甘的感受。兩個問題竟然詭異地纏絡在一起了，我完全不知該從何著手。雖然說另一件事比奧菲莉亞的事嚴重，但這樣的說法還是太過分了，奧菲莉亞的事還是一直縈繞在我心頭，再加上這一次令人恐懼的疑惑鋪天蓋地而來，層層烏雲不停翻湧、飄流，覆過我的心頭，我的痛苦膨脹成三倍、五倍之多，昨夜我眞的未曾闔眼。如果眞的發瘋，也許就不會覺得那麼痛苦了，波洛涅斯，你懂嗎？我曾有一絲念頭閃過，心想：你說城裡流傳的可悲謠言，難道就是奧菲莉亞嗎？但不管怎麼想，總覺得另一個更沸沸揚揚的謠言才是問題所在，所以才想問問那件事，我絕對不是故意裝傻。被你說成出了這一招什麼的，我眞的感到非常不快。很抱歉，因爲一時激動而打了你，是我失態了，但也請您停止那樣令人不快的口氣。如果是奧菲莉亞的事，不用擔心，我會跟她結婚。這是當然的，不管有多大的阻礙都非結不可。我深愛奧菲莉亞，但令我痛苦的，是得向國王及王后坦白我們的事，並得到原諒及准許。但我打死都不願意低聲下氣地求他們。再加上昨晚聽到那樣的傳言，更讓我覺得向他們敞開心胸是件極其痛苦的事。總之，我想先探出那個謠言的來源，那謠言一定藏著什麼祕密，一定有的，我有這樣的預感。如果是毫無根據的傳聞，那我就輕鬆了，說不定我反倒可以趁這個機會，向他們爲我日常的無禮舉動道歉，他們或許還會就此釋然而開懷大笑。總之，我想要深入探尋這個謠言的眞僞，因爲一切都是由此而起。波洛涅斯，你懂嗎？奧菲莉亞的事請你暫時擱在一邊，我絕對不會不負責任的。啊啊，波洛涅斯，我彷彿得到了勇氣，從今天起，我就是個有勇氣的男人了。人在墜落到痛苦深淵的最底部，無處可逃時，反而會得到新的勇氣呢。

波洛涅斯　看來還是危險啊。哈姆雷特殿下，您還年輕，您所說的話，我就是無法信任。雖然您說得到了新的勇氣，但只有勇氣是不可能諸事順利的。還有，自古以來，把獲得勇氣的當下說得如此誇張的人，都是金玉其外，敗絮其中的。痛苦、寂寞、烏雲翻湧這些做作的言詞，絕不是一個優秀男人能隨便說出口的。聽到這些話，我實在無法當眞。你都已經是開始長鬍子的年紀了，還說這些話，實在難爲情。你到底要這樣一天到晚做白日夢到什麼時候呢？請振作一點。從剛才您所說的話裡，我只能夠明白您並不是只把奧菲莉亞當成一時的慰藉，我替您深感同情，但是，接下來才是眞正的難關。波洛涅斯願爲您盡微薄之力，您自己要是不努力一點的話，老臣可就爲難了。眞的拜託您了，烏雲翻湧之類的言詞，今後請盡量不要再說了，我完全聽不下去。老是發牢騷怎麼行呢，都已經快要是一個孩子的爸了。

哈姆雷特　可是、可是這就是我覺得痛苦的原因，難道痛苦的時候，不能說我很痛苦嗎？爲什麼？我就是個會直接把想到的事說出來的人，當我眞心感到寂寞，就會說出寂寞二字，因爲覺得自己眞的得到勇氣，才會說我得到勇氣了，我沒有玩任何文字遊戲。或許你覺得「烏雲翻湧」是既誇張又低劣的形容詞，但對我而言，那就是我眼睛所見的事實，是實際的知覺感觸，甚至能稱爲眞實。因爲你跟奧菲莉亞的血緣相繫，所以我也一樣愛你，這點請你放心，我都是依據眞實，一字一句說出來的。唉！我就是太信任別人，我太沉浸在自我的愛裡了。

波洛涅斯　哈姆雷特殿下，這些都不重要，這個世界不是哲學教室，您應該……恕我失禮，您應該也不打算成爲聖人賢者吧。就在您模仿賢者的口氣，訴說著愛、眞實、烏雲的時候，奧菲莉亞的肚子正一刻刻地變大，只有這個是我所看到的事實。雖然你說你也愛我、叫我放心，但我實在說不出什麼感謝之語，反而覺得你只是在給我找麻煩。現在就只有奧菲莉亞——

哈姆雷特　所以、就是因爲……啊啊，你不懂，你不懂啦。你安心就是了，因爲，眞正讓我痛苦的是——

波洛涅斯　不要再說痛苦這個字了，我聽了都起雞皮疙瘩，從剛才到現在你說了這個字不下百次。痛苦的不是只有你，託你的福，我們一家都被你害慘了！我已經提出辭呈了，明天之前非得出城不可，事態非常急迫，哈姆雷特殿下，我請求您的幫忙。爲了您，也爲了波洛涅斯一家，該採取的手段就只有一個。我昨晚一夜未眠，才想到這個辦法。哈姆雷特殿下，請您幫忙！

哈姆雷特　波洛涅斯，你怎麼突然說這些？像我這樣的晚輩怎麼能幫助到您呢，別開我玩笑了。你才是還在睡夢中的人吧？

波洛涅斯　夢？是啊，說不定眞是夢。但這已經是窮途之策了。哈姆雷特殿下，您相信波洛涅斯的忠誠嗎？不，這種事已經不重要了，恕我多嘴。哈姆雷特殿下，您願意站在正義這一方嗎？

哈姆雷特　好噁心，你怎麼突然變成浪漫主義者了？簡直反了，我反而是現實主義者了。我從未想過會從你口中聽到正義或忠誠這些字眼。到底怎麼了？突然如此垂頭喪氣的，怎麼了？你在想些什麼？

波洛涅斯　哈姆雷特殿下，我在想一件很可怕的事。我是爲了自己女兒的幸福，連國王都不惜背叛的人。我是個壞人對吧？我這就一五一十地全部告訴您。啊、糟了，赫瑞修來了。

人物：赫瑞修、哈姆雷特、波洛涅斯

赫瑞修　哈姆雷特殿下，您、您好狠啊！我的臉丟大了，您卻一直故意不告訴我，真過分！昨晚原本是我不好，我光顧著說一堆不必要的事，而且天氣又太冷了，才沒辦法好好聽您說話，沒想到那是一切失敗的根源。可是，我都知道了，波洛涅斯大人，這可真是件大事啊，您一定很擔心吧？那麼現在呢？哈姆雷特殿下的意下如何？此時此刻，哈姆雷特殿下的意思才是最要緊的問題啊。

哈姆雷特　你一個人在瞎猜些什麼啊？果然還是跟以前一樣冒冒失失的。你在緊張什麼呢？我不記得你做了什麼丟臉的事啊。

赫瑞修　不不不，您這樣裝傻可不行。我剛才已經從國王陛下那裡聽說了一切。這可不是好笑的事啊，一定得慎重考慮。

哈姆雷特　你才在笑呢！不要故意逗我開心了，你到底聽說了什麼？

赫瑞修　您每次一裝傻就會臉紅，是因爲看到您這個樣子，才讓我覺得害羞，忍不住笑了出來。

哈姆雷特　可惡！都被你看穿了！吃我一拳！

赫瑞修　來啊，打架的話我可不會輸給您。哈哈，如何！能擋住我這招嗎？

哈姆雷特　輕而易舉！可惡，我要一招解決你！你根本就破綻百出嘛，要是被我抓住喉嚨，可是會像這樣發出「嗶」的聲音哦！

波洛涅斯　住手、住手！你們在做什麼？怎麼突然在走廊上粗魯地打起來了？你們兩個玩得太過火了，都給我停止！眞是莫名其妙，先是一起大笑，又突然打成一團，到底是怎麼回事？請住手！現在可不是讓你們胡鬧的時候！你們兩個都把皮繃緊一點，夠了，可以住手了。赫瑞修大人，這到底是怎麼回事？這裡可不是你的大學！

哈姆雷特　波洛涅斯，你不懂。我們很害羞的時候就會這樣亂打一通，如果不分出個勝負，事情就沒辦法收尾。

赫瑞修　眞是的，哈姆雷特殿下，我完全被你騙了呢，您太過分了。

哈姆雷特　其實也還好啦，我也有我的理由啊，嘿嘿。

波洛涅斯　唉呀，爲何突然露出那麼低級的笑容？我眞是完全被搞糊塗了。事件其實很單純。赫瑞修大人，請您往這邊靠一點，哎呀，連衣襬都破了，您不能再這麼粗魯了。我家的雷爾提斯也是個粗魯的孩子，不過可沒像您這個樣子啊。哈姆雷特殿下，您也冷靜一點，現在是個重大的時刻，可不是讓你們搞笑、胡鬧的時候。赫瑞修大人，請您一定要助我們一臂之力，接著，我希望我們三人能好好談一談。那麼，赫瑞修大人，您剛才從國王陛下那裡聽說了什麼事？請您告訴我。我從今天開始就是站在哈姆雷特殿下這一邊的人了，請您信任我，不管什麼事都請讓我知道。國王陛下對您說了什麼？

赫瑞修　國王陛下說：吾很驚訝，彷彿像作夢一樣。
哈姆雷特　然後他就說了我的壞話吧？
赫瑞修　殿下，可別這樣妄自猜測啊。國王陛下其實很清楚事情的來龍去脈，不過，到底是什麼呢……總之，他說他很驚訝。
波洛涅斯　我聽得一頭霧水。請您再說得更清楚一點，國王陛下的意見究竟如何？
赫瑞修　呃……那個……不、那個……其實、其實是很老套，很無聊的事，我都聽傻了。我了解哈姆雷特殿下的心情，但是國王陛下誤解得很嚴重，我太過驚訝，後來就惶恐地退下了，結果……唉，我完蛋了。
哈姆雷特　我知道，他說絕對不會饒了我對吧？還說快要迎娶英國的公主了，是吧？我都知道。
赫瑞修　正是。不，比那還要嚴重。他說哈姆雷特殿下對奧菲莉亞小姐也差不多開始冷淡了，所以，將奧菲莉亞小姐軟禁在鄉下一陣子，事情就解決了。因爲針對人的謠言，只要兩個月……不，是五個月，嗯……還、還是六個月啊？反正，國王陛下就是這樣說的，他不會對奧菲莉亞小姐不利。國王陛下說出這種方法絕對不是惡意的，這點請不要誤解。只是，國王陛下誤會了。總之，我只是先將國王陛下的好意傳達給哈姆雷特殿下。王后陛下則是一個人在那兒笑，看起來似乎很了解哈姆雷特殿下的樣子。所以，我們就去請求王后陛下吧，還是有希望的，國王陛下那邊，我想是不太可能了，完全行不通，因爲他實在太老古板了。

哈姆雷特　赫瑞修，不許胡說八道。這不是古板或新潮的問題。所謂的現世主義者就是那樣的人，叔父他只相信現世的幸福，所以這對叔父而言是想當然耳的做法，我從一開始就知道他會這麼做。但問題就出在這裡，就是這讓我痛苦。我不知道我該吞忍服從、逃走，還是堂堂正正地和他戰鬥，或是要假裝妥協、欺瞞，還是說服他。To be, or not to be，我不知道該選擇哪一邊。因爲我不知道，所以才痛苦。

波洛涅斯　兩次！您說了「痛苦」兩次了！您一邊表情誇張地說出一堆看似哲學的話語，一邊無意義地嘆著氣，簡直像三流演員的演技，實在很難看。國王陛下所說的事，其實我也已經有了心理準備，不能爲了這點小事就驚慌失措。波洛涅斯我明白國王陛下的處置，所以才提出辭呈的。現在能拜託的人，就只有哈姆雷特殿下您了！我有我的考量，赫瑞修大人，也請您幫忙，這一切都是爲了哈姆雷特殿下啊。來吧，赫瑞修大人，請您發誓，請您發誓絕對不會將我接下來說的事講出去。

赫瑞修　爲什麼？波洛涅斯大人，爲什麼突然要這麼嚴肅？

波洛涅斯　這都是爲了哈姆雷特殿下啊。您不願意發誓嗎？

赫瑞修　我發誓、我發誓。因爲實在太唐突了，和剛才所說的簡直是牛頭不對馬嘴，所以我才突然傻住的。我發誓。只要是爲了哈姆雷特殿下，我願意做任何事情。

波洛涅斯　我相信你。那麼，我就說了，哈姆雷特殿下，剛才我正打算要說的話，因爲赫瑞修大人來了被打斷了，我要說的是，其實最近在城裡，還有另一則黑暗的謠言，而且波洛涅斯相信那個謠言。

哈姆雷特　什麼？你相信？蠢蛋！我看發瘋的人是你吧！如果你沒瘋，就是你故意以這種謠言威脅國王，硬要把奧菲莉亞嫁給我，眞是卑鄙下賤的惡劣手段！骯髒、太骯髒了！波洛涅斯，你剛才也這麼說，你說你是個爲了女兒的幸福，不惜背叛國王的人，嘴上還唸著你是個壞人之類的話。那時候我不懂你在說什麼，但現在我都懂了，波洛涅斯，你眞是個可怕的人。

波洛涅斯　不是的！不是這樣的，我的想法已經改了。我從頭再說一遍吧。我聽說先王幽靈出現的謠言，是非常近期的事，我覺得很傷腦筋，正打算找國王商量，採取一些適當的對策，但看國王最近心事重重的樣子，我就猶豫了，不知道該不該找他商量。因爲似乎很難和他好好溝通。我就坦白說吧，我也漸漸開始懷疑起國王陛下了，雖然總覺得是無稽之談，但看到國王的樣子，還是感到不太對勁。那種感覺我至今從未對任何人說過，一個人悶在心裡，期待有一天這件事可以自然而然地解決。我也希望是我杞人憂天。但是，剛才因爲太同情我可憐的女兒，一時之間便只想到用恐怖的手段，也就是剛才哈姆雷特殿下所說的醜惡之事。但是，波洛涅斯絕對不是不忠之臣！請您一定要相信這一點。那個念頭眞的只出現了一下子而已。我說我昨晚一夜未眠才想出這法子，其實是騙您的，上了年紀的人提到孩子的事，常會因爲太激動而口無遮攔，連我也不例外，所以才對哈姆雷特殿下說出了誇張的言詞。一瞬間，眞的只有一瞬間而已，但那想法太過醜陋，連我都不自覺打了冷顫，所以反而在突然間瘋狂地愛上正義的靈魂，不能自己。比起奧菲莉亞的事，我更想先確認那則不祥謠言的眞僞，因爲我發現，那件事不只是臣子的義務，更是生而爲人該盡的義務。哈姆雷特殿下，我現在已經是和您站在同一邊的人了，從今天開始，請讓我也加入你們年輕人的行列吧。世上只剩下這個能夠信賴了，就是青年的正義。

哈姆雷特　你太奇怪了，這樣我們多不好意思啊。總覺得不太對勁。赫瑞修，人生總是充滿了許多無法預期的事呢。

赫瑞修　我相信他。波洛涅斯大人，謝謝你，我相信你，感激不盡！不過，我也覺得哪裡怪怪的，畢竟實在太唐突了。

波洛涅斯　一點都不奇怪。會這麼覺得是因爲你們太膽小了。也說不定是我已經自暴自棄了。不、不對，是正義，正義！這眞是個好字。從現在起我要奮進，請你們幫助我。我們三人先去試探國王陛下吧，雖然這可能很失禮，但一切都是爲了正義！我們先去試探一下國王陛下的臉色，找出確切的證據，如何？我有一個好主意，請你們聽聽。因爲這一切都是爲了正義！我該行的道路就只有這一條。

哈姆雷特　你一直搬出正義這個詞，我們也只好認輸了。波洛涅斯，你精神錯亂了吧？都一把年紀了還這樣，眞難看。冷靜一點！你是認眞的嗎？你眞的相信那個愚蠢的謠言嗎？不可能吧？難道你心裡還有什麼計謀？

波洛涅斯　您在說什麼傻話呢。哈姆雷特殿下，您是個可憐的孩子，什麼都不知道。

赫瑞修　唉呀，這可不行，波洛涅斯大人，請打消這念頭，國王陛下是個好人啊，哈姆雷特殿下也說，他是打從心底愛慕著國王陛下的。事到如今，就請您不要再說這種令人不安的話了。不行、不行，唉，我又覺得冷了，我在發抖，渾身發抖。

哈姆雷特　波洛涅斯，這可是件重要的事啊，請你謹言慎行。那個謠言裡有什麼部分是確實可信的嗎？

波洛涅斯　很遺憾——有的。

哈姆雷特　哈哈，赫瑞修，我們還把那個謠言當成笑話來說呢，該不會是眞的吧？怎、怎麼回事啊？突然好想笑喔。

VI 庭園

人物：王后、奧菲莉亞

王后　天氣變暖了呢。今年的春天似乎比以往都來得早，草地也漸漸變成淡綠色了。春天啊快來吧！冬天已經夠長了。妳看，小河上結的冰也都融化了。嫩嫩軟軟的柳芽眞是可愛啊。那些嫩芽被風吹動，微微露出白色的葉背時，這一帶的各種花草也會競相綻放。金鳳花、咬人貓、雛菊，還有長紫蘭，對了，奧菲莉亞，妳知道那些低賤的平民們是怎麼稱呼長紫蘭的嗎？看妳臉紅成這樣，應該是知道的。那些人不管多骯髒的話也能輕鬆地說出口，我反倒羨慕他們呢。奧菲莉亞妳們是怎麼稱呼長紫蘭？應該不會也是用那個露骨[12]的名字吧？

奧菲莉亞　王后陛下，不瞞您說，我也和那些平民一樣，在小時候無意學會了，到現在還是會不小心說溜嘴。不只是我，別家小姐們平常也都用那個露骨的名字來稱呼長紫蘭。

王后　哎呀，這樣啊。現在的年輕女孩兒們如此開放，眞令我驚訝。不過，不知者不罪，反而更顯得率眞。

奥菲莉亞　不是這樣。但我們在男人的面前就會多加留意，改說成死人的手指。

王后　原來如此。在男人面前反倒說不出口，還眞有趣。話說回來，死人的手指啊，頗有深意呢……原來如此，的確是有這種感覺，如同戴著金戒指的死人手指一般。眞是可憐的花。哎呀，明明沒那麼悲傷，但我還是流淚了。到這把年紀還會爲了這種無聊小事而流淚，我眞是夠傻。女人啊，不管到了幾歲，都會想要撒嬌的。身爲女人，就一定會有些無聊的小毛病，改也改不掉。像我，都到這歲數了，跟丹麥王國比起來，我還比較愛雛菊。女人就是沒用啊。不，不只女人，最近我覺得，只要是人都不可靠，就算是堂堂正正的男子漢，本性也是一樣畏畏縮縮的。我最近才終於了解，人都只是爲了他人的想法而活的，人啊，太悲慘、太可憐了。每天只關注著成功或失敗、聰明或愚蠢之類的事，從早到晚汗流浹背地到處奔走，在這些瑣事中一天天變老，難道我們只是爲了這些事而誕生到世間？那不是跟蟲子沒兩樣嗎？眞愚蠢。一直以來，我都抱持著「一切都是爲了丹麥」的念頭努力至今，這句話彷彿擁有巨大又崇高的意涵，讓我無時無刻爲了丹麥著想，不管是痛苦或悲傷的事都能忍下。可是，我被騙了，被先王、現王，甚至哈姆雷特騙了，每個人都騙我。因爲我相信自己是被神挑選出來擔任重要工作的人，我相信這就是神賦予我的尊榮，才抱持這份驕傲隱忍著寂寞，一直過著服從的生活，現在想來眞是蠢啊。像我這樣手無縛雞之力的女子，哪能做什麼事呢？別人從未把我多年來藏在心中的那份決心當成一回事，他們只擔心輸贏，整天提心吊膽、處處提防著他人過日子，不時引起一些根本毫無目的的卑劣事件，大家的命運便一個接一個被改變了，事後卻又拚命推諉卸責。只有我一個人爲了丹麥、爲了哈姆雷特王家而緊張，簡直就像在濁流裡載浮載沉的桔槔。眞是笨死了。奥菲莉亞，妳的身子最近如何？

奥菲莉亞　咦？呃，沒什麼。

王后　妳不必隱瞞，我都知道了，妳放心吧。我身爲哈姆雷特的母親，也是愛妳的啊。妳今天氣色不錯呢，最近應該不會再害喜了吧？

奥菲莉亞　是的，王后陛下，非常感謝您的關心。其實，我今天早上醒來的時候，忽然覺得胸口舒暢，也不再聞到臭味了。今天以前，我總覺得自己的體味、寢具的味道、內衣的味道都臭得像韭菜一樣，不管灑多少香水都蓋不掉，我總是一個人偷偷地哭。但今天早上就像從惡夢中醒來一般，忽然覺得身體輕盈了不少，就連早上喝的湯都覺得是這幾天來最好喝的。但我還是有些擔心，自己是不是還會回到像今天之前那種地獄般的心情。我總是提心吊膽，害怕自己的身子快要垮了，就算是現在也很害怕，所以盡量保持呼吸的平穩，誠惶誠恐，一步步穩穩地踩在草地上。我想身子已經沒問題了，我再也不想回到之前那樣痛苦的狀態了。

王后　嗯，已經沒事了，接下來食慾也會開始變好。妳眞的是什麼都不懂啊，不過這也難怪。以後有什麼問題都來找我商量吧。像妳剛才那樣想到什麼就說什麼，眞是可愛。我喜歡不會欺瞞，敢大膽發言的人。

奧菲莉亞　王后陛下，不是那樣的，其實到今天為止我都在說謊。沒有比欺騙別人更令人感到痛苦的地獄，但是，我再也沒有說謊的必要了，因爲大家都已經知道了，而且從今天早上開始，身子的狀況也好了許多，以後再也不用擔驚受怕，又可以做回昔日活蹦亂跳的奧菲莉亞了。眞的，這兩個月以來，每天都不斷發生令人意外的事情，就像作夢一樣。

王后　覺得像在作夢的可不只有妳，不論是誰都會覺得這兩個月像一場惡夢。現在想來，先王創造的和平盛世簡直就像假的一樣。不管是城裡，還是整個丹麥王國，每天過著充滿希望的日子，那樣的時代再也不會回來了。雖然並沒有人做了什麼壞事，但總覺得這個赫爾辛格城，甚至整個丹麥王國裡都陰氣密布，充滿著哀嘆和陰險毒辣的耳語，給人一種不祥的預感，像是將要發生什麼壞事或慘事。要是哈姆雷特能振作一點就好了，但他爲了妳的事已經有些歇斯底里，其他的人也只顧著保全自己的地位和面子，光爲了這些事擔心奔走，沒有一個可靠。雖然女人很膚淺，但男人也算不上聰明。妳們年輕人還不能體會吧，但男人可是一天到晚把我們女人的事放在心上。別笑啊，這是眞的，不是我自大才這麼說的喔。男人就算嘴巴上說出多少漂亮話，但事實上啊，每天只在意著可愛妻子的心思呢。名利、成功、勝利，一切都只是爲了讓他們可愛的妻子開心。雖然套了很多冠冕堂皇的理由，但沒有什麼比被可愛的女人誇獎更值得努力了。很無聊吧，無聊到令人感到可憐。我最近才察覺到這件事，驚訝不已，不，應該是說失望不已。我很尊敬男人的世界，我覺得他們都住在遙不可及的、崇高又痛苦的理想當中，但我總是希望能在他們背後爲他們打點一些生活瑣事，算是爲他們盡一點心力。太愚蠢了。殊不知，這個在背後幫忙的女人才正是男人們生存的唯一目的，這簡直是個笑話，就像我們靜悄悄地站在他們背後想要幫他們穿上斗蓬，他們卻轉過身面對我們，眞叫人傷腦筋。他們總是望著遠方的天空，說著理想啦、哲學啦、苦惱啦這一些費解的話，但其實他們心裡就只在意女人的想法，他們裝出這副樣子只是希望被誇獎、被喜愛。我已經快受不了這種沒出息的男人了。奧菲莉亞，像妳們這樣的年輕人應該還不能理解吧，在妳眼裡，一定覺得哈姆雷特是個棒到不行的男人，但那孩子還年輕，還覺得朋友間的評價才是最重要的，一心一意只想成爲周遭的人氣王。眞是個傻孩子。骨子裡明明是個膽小鬼，卻還老是做事不經大腦，只想被朋友們還有奧菲莉亞妳稱讚，但自己根本沒有能力處理善後，就只會哭喪著臉，一個人在那兒鬧彆扭，心裡則暗暗期待我們去幫他收拾。他總是一邊賭氣，一邊等著我們出面，淨會做作地說些聽起來很哲學的話，讓赫瑞修他們佩服得五體投地，但是實際上，別說什麼哲學家了，他根本還是個和我們撒嬌討糖吃的小鬼，完全上不了檯面。他太愛撒嬌了，從早到晚只想要周圍的人誇獎、疼愛他，爲那些膚淺的喝采做一些表面工夫。只會這種亂七八糟的生存方式，眞不知道他將來該怎麼辦。妳哥哥雷爾提斯就不同了，雖然和哈姆雷特同年，卻已知曉許多世間的詭計了。

奧菲莉亞　但那反而是哥哥的缺點。王后陛下，您剛剛才說表面上看起來堂堂正正的男人，其實內心都一樣會畏縮，只在意他人的想法而活，但卻又馬上從同一張嘴裡說出誇獎雷爾提斯的話，這多可笑啊。哥哥的內心應該也像您說的那樣吧，和哈姆雷特殿下比起來，哥哥比較沒那麼成熟，雖然是個堅強的人，不過他那麼灑脫地過著安逸的生活，反而讓我們感到寂寞。我絕對不是討厭哥哥，但是，我也沒辦法和哥哥親近到無話不說的程度，對父親也是一樣的感覺。說不定我是個壞女兒，也是個不成器的妹妹，沒辦法，我對家人沒有親近感，反而——

王后　反而只對哈姆雷特有親近感，對吧？這點小事就不用說了。人被戀愛沖昏頭的時候，都會變得討厭自己的父兄，這不是理所當然的嗎？真是的，我這麼認真聽妳說話，反而被當成笨蛋。妳到底想說什麼？

奧菲莉亞　王后陛下，不是這樣的，我沒有被戀愛沖昏頭，在這件事發生的很久很久以前，我就已經心生愛慕了。不是愛慕哈姆雷特殿下，而是王后陛下，我一直偷偷地、全心全意地愛慕著您。恕我失禮，這段時間裡，我和哈姆雷特殿下一時不小心，發生了讓我們喜悅、痛苦，又意外的事，對我而言，內心那股「說不定能稱呼王后陛下爲母親大人、對她撒嬌」的期待越來越深，我覺得很開心。請您相信我。我從小就非常尊敬王后陛下，您絕對不知道我有多麼喜歡您，喜歡到連我現在的行爲舉止、說話方式，都是模仿王后陛下而來，我爲此向您道歉。我絕不是因爲王后陛下您的身分才喜歡您的，純粹因爲您是一位極具魅力的女性，一位這麼好、這麼優秀的女性……啊啊，我該怎麼說才好呢？王后陛下，請您笑我吧，我是個笨女孩，如果哈姆雷特殿下不是王后陛下的孩子，我也不會做出這種錯事。我不是個淫賤的女人，因爲他是王后陛下最、最心愛的孩子，所以我也會想要好好珍惜他。

王后　妳說的玩笑話太可愛了。真是沒辦法，你們這些年輕人，總是直接把腦中浮現的話語不加矯飾地說出來。就算妳只有一丁點兒喜歡我，那都必定是因爲我的身分，我的身分散發的光環讓妳覺得眩目，一時興奮衝動，才會覺得我好得不得了，但其實我只是一個無聊的老太婆罷了。妳會無法抗拒哈姆雷特也是因爲他的身分，妳剛才說因爲他是王后心愛的孩子，所以想要好好珍惜他，這種荒唐的意見，如果只說給我一個人聽，那我還可以笑一笑就算了，但若是講給其他人聽，只會被人當作白癡或是瘋子。妳剛才用一副天眞無邪的表情說想要稱呼我爲母親、想跟我撒嬌，說那就是妳最大的喜悅，但我知道妳眞正想要講的是什麼，妳只不過是在敘述妳當上丹麥國王子妃之後的喜悅罷了。能當上王子妃、能稱呼王后爲母親，是每個丹麥國女子此生最高興的事，所以，妳說的只是理所當然。現在的年輕人啊，總是用像孩子一樣什麼都不懂的口氣跟我們說話，讓我們發笑，但事實上，你們用天眞無邪的甜言蜜語巧妙地包裝自己低俗的野心，精打細算得很。這種說話方式，我還眞不能大意呢。我就是討厭這一點。計算得滴水不漏，也太狡猾了。

奥菲莉亞　王后陛下，不是這樣的。爲什麼您就是無法懷抱善意，還處處懷疑我呢？我沒有那麼離譜又膚淺的野心，我眞的只是因爲喜歡王后陛下而已，喜歡得我都要哭出來了。我的生母在我小時候就去世了，不過，如果她還在世，也一定無法和王后陛下媲美，因爲王后陛下比我早已去世的母親更溫柔，有著更迷人的魅力，爲了王后陛下，我隨時可以犧牲自己的性命。我總是幻想能稱呼像王后陛下這樣的女性爲母親，讓自己在潛移默化之中成爲像她一樣謹言愼行的人。身分尊卑的事我從來沒有想過。我眞是個不孝的女兒，可能因爲我自小沒有母親，才會對您更加仰慕，我眞的沒有任何野心。我要告訴您一件難爲情的事，其實我早已忘記哈姆雷特殿下的身分，只是因爲我在哈姆雷特殿下的身上感受到王后陛下慈愛的乳香，因此更加無以自拔，最後才導致這樣的醜事發生。我心裡沒有打半點算盤，這點我可以在神的面前發誓，成爲王子妃而出人頭地這種離譜的野心，我眞的連作夢都沒想過。我只希望能和王后陛下有些許關連，這樣我就很幸福了。我已經放棄了一切，不對任何事物抱持希望了，現在只一心期待能夠順利誕下王后陛下的孫兒，好好將他撫養成人。我覺得自己是個幸福的女人，就算被哈姆雷特殿下拋棄，和孩子兩人相依爲命，一定也能每天開開心心的。王后陛下，奧菲莉亞有奧菲莉亞的自豪之處，身爲波洛涅斯之女，我有當之無愧的智慧，也有不服輸的個性。我很清楚，我絕對不會因爲正和哈姆雷特殿下熱戀，就覺得他是世界上最帥、最完美的勇士。恕我失禮，他的鼻子太長了，眼睛太小，眉毛又太粗，牙齒好像也很不好，一點都稱不上好看。腿也有一點歪，更重要的是還有令人不忍卒睹的嚴重駝背。說到個性，也絕對不算好。該說是娘娘腔嗎？他總是認爲別人會背地裡說他壞話，爲此心浮氣躁。有一天夜裡，他說：「這世上只有妳相信我。我一直都被人欺騙、利用，是個可憐的孩子，所以妳千萬不能拋棄我喔。」他說了如此令人難爲情的喪氣話，還用雙手摀著臉，開始假哭。我心想，爲什麼要演這麼做作的戲呢？但我又想，還是得說些什麼話來安慰他才行，就在我躊躇之際，他又突然扯開嗓門大叫：「啊啊，我眞不幸！沒有人了解我的痛苦，我是世界上最不幸、最孤獨的人了！」邊說邊抓著自己的頭髮，發出痛苦的呻吟，似乎非要把自己當成悲劇主角才甘心。有時候會忽然站起身來，把咖啡杯往牆上砰的一聲砸得粉碎。有時候又會露出非常開心的樣子說：「這世上沒有比我頭腦更敏銳的男子了，我是如閃電一般的男子，我什麼事都知道，就連惡魔也無法欺騙我！只要有這樣的想法，什麼事都能達成，不管是多可怕的冒險，我也一定能完成！我眞是天才！」我對他所說的話微笑點頭，他又突然變得非常不高興，說：「妳、妳一定是瞧不起我！妳一定是覺得我在吹牛。連妳都不相信我的話，那我也沒辦法了，妳不會懂的。」不管我怎麼發誓都沒用。他也會突然用激烈的措詞把自己說得罪大惡極：「其實我在吹牛。我是個投機者，是個詐欺師，我被大家看穿而受盡嘲笑，沒看穿的人只有妳而已，妳真是個笨蛋啊，妳被騙了唷，完完全全被我騙了。啊啊，我也是個悲慘的男人，我被世上所有人欺騙，只能逮到妳這種笨蛋來作威作福，真是沒出息。」他一直滔滔不絕地說著，我聽了都要哭出來了，他卻像沒事一樣繼續嘲笑我。有時候又在鏡子前站一個小時，對著自己的容貌瞧個不停。他似乎很中意自己的長鼻子，一邊照著鏡子，一邊捏起自己的鼻子看，我都忍不住笑了。儘管如此，我還是喜歡他，像他那樣的人在世上是獨一無二的，我覺得他一定有某個別人比不上的優點。雖然有很多可笑的缺點，但還是會在某處散發出神之子的氣息。我是一個自視甚高的女子，不會因爲男人的誇捧就馬上失了自我，就算是貴爲王子的身分，我也不會不知分寸直撲到他懷裡。哈姆雷特殿下是這世上感情最豐富的人，因爲感情豐富，才會難以自持，心緒和言語都雜亂不堪，一定是這樣。王后陛下，您明明也知道哈姆雷特殿下有哪些優點呀。

王后　什麼跟什麼呀，妳所說的根本牛頭不對馬嘴。我原本以爲妳要說的是從仰慕我硬轉到喜歡哈姆雷特這件事上的歪理，但妳卻突然說了許多哈姆雷特的壞話，接著又說像哈姆雷特這麼好的人世上絕無僅有，是神之子這些出乎我意料的話。我原本以爲妳是要抓住我這老太婆不放，說些有很迷人的魅力啊之類的無聊事，但妳卻又否認，一臉嚴肅地說自己一點也沒有被戀愛沖昏頭，也已經放棄了一切。我究竟該如何理解妳的話呢？我相當困惑。果然妳也受到哈姆雷特的影響了吧？說不定還是他的第一高徒呢。我本來以爲他的徒弟只有赫瑞修，沒想到妳也是他挺優秀的弟子。

奧菲莉亞　被王后陛下這麼說，我深感沮喪。我只是把我感受到的事，毫不掩飾地坦白說出來而已，我說的每一件事都是如此。如果有前後不一致的地方，一定是因爲我的說話技巧太差了。我只有在王后陛下面前不會說謊，即使說謊，王后陛下也一定不會被我騙倒，所以我才決定把腦袋裡想的事一字不漏全說出來，可能因爲太心急了，所以才言詞反覆、思考遲鈍，無法好好表達心中的想法。我可以向神發誓，我是個誠實的人。我只會對我愛的人誠實。因爲我喜歡王后陛下，所以我努力在您面前不說半句謊言，但我越努力，話就越說不清楚。人說實話的時候，聽起來反而會變得滑稽、冗長，又毫無條理，我覺得相當可悲。或許我的話聽來是牛頭不對馬嘴，但我心裡是很明白的，它們在我心中十分渾圓飽滿，很難用三言兩語簡單描述出來，所以我只好說出許多片段，希望將這些片段串連起來，表達出完整的意思，但我太過心急，所以越講越失敗，我也很困擾。可能是我太愛您了，也可能是我的常識還不足夠。

王后　這些全都是哈姆雷特教妳的歪理吧。現在的年輕人，每個都是用歪理為自己辯護的高手，我就是討厭這樣。妳不必為了讓我理解而講得太刻意，還不如乾脆說：「我心裡一團混亂，因此不知所以，只覺得內心澎湃洶湧。」這樣的說法我反而比較能懂。妳講到其他事情的時候，都能毫不掩飾地大膽說出來，是個好孩子，但只要一講到哈姆雷特的事，就變得滿口歪理，想要掩蓋自己的羞恥。妳到現在連一句道歉都還沒對我說呢。

奧菲莉亞　王后陛下，我心中滿是歉意，身體彷彿已經被藍墨水寫滿一整面抱歉的文字，但不知為何，就是無法對王后陛下說出口。我心裡明白，我們這次犯的錯，也無法憑一句抱歉就能獲得原諒。闖了這麼大的禍，還以為厚著臉皮說句抱歉就可以了事，那是完全沒意識到自己罪行的人才會使出的技倆，這種事我做不來。我想哈姆雷特殿下現在也正爲了同樣的事而痛苦，他正在焦急地想著該如何補救。哈姆雷特殿下和我最近都爲了要如何向王后陛下道歉而苦惱。王后陛下最近才遭逢喪夫之痛，我們應該要安慰您，但卻因爲這件事，反而讓您替我們擔心，不管是用壞心或是愚蠢這樣簡單的字眼都不足以形容，這比死還要痛苦。我真的從很久以前就開始仰慕王后陛下了，是真的！我努力學習禮儀和學問，就是希望這一生能被王后陛下褒獎，即使只有一次也好，但是……啊啊，我怎麼會這麼笨呢！反而像發了瘋似的，做出最對不起王后陛下的事。哈姆雷特殿下對王后陛下的敬愛不比我少，不、應該說比我還要尊敬、愛慕王后陛下。我們無時無刻都在祈求王后陛下身體健康、一切安好。有時我和哈姆雷特殿下也會在夜裡語重心長地討論，希望能在我們有生之年，讓您看到我們所做的補償。王后陛下、王后陛下，哎呀！

王后　對不起，從剛才我就一直強忍著不哭，所以才說出許多尖酸刻薄的惡言惡語。奧菲莉亞，聽到妳說我很溫柔、很愛慕我，我就覺得心痛得像要裂開來似的。奧菲莉亞，妳眞是個好孩子啊！妳一定是個誠實的孩子。雖然有些地方愛耍小聰明，但是，我不會怪罪妳。那些在無意之中說出的天眞言語，反而讓謊話顯得更加美麗。奧菲莉亞，這世上沒有比天眞小女孩說出的話語更讓人感到美麗和愉悅的了。和妳們比起來，我們顯得多骯髒齷齪啊。我已經對此感到疲倦了。但儘管如此，妳還是打從心底愛我、無時無刻爲我祈禱，希望我長命百歲，聽到這些話，我再也忍不住了。啊啊，就算只爲了你們二人，我也要努力活下去！奧菲莉亞，請妳原諒我。

奧菲莉亞　王后陛下，您在說些什麼呀！這不是完全反了嗎！王后陛下，您是不是想到其他悲傷的事了？啊啊，正好這兒有椅子，請您坐下吧，來，請坐。請您平復一下情緒。王后陛下，您哭成這樣，害我也想哭了。來，我們一塊兒坐吧。咦？王后陛下，這兒就是先王陛下臨終時坐的地方吧。先王陛下坐在這兒曬太陽的時候，突然身體不適，等我們趕到的時候已經來不及了。那天早上是我第一次穿上新做好的紅色洋裝，但我太過悲傷，太過悔恨，竟然把自己的紅色洋裝看成綠色的。人在悲傷至極的時候，就會把紅色看成綠色呢。

王后　奧菲莉亞，夠了，別說了。我錯了！我已經沒有任何希望了，什麼事都無法吸引我了，奧菲莉亞，從今以後妳要處處小心啊！

奧菲莉亞　王后陛下，我不太懂您的意思，但請您不用擔心奧菲莉亞，我會好好養育哈姆雷特殿下的孩子。

VII 城內某室

人物：哈姆雷特一人

哈姆雷特　笨蛋、笨蛋、笨蛋！我是大笨蛋！我到底爲何而活？早上起床、吃飯、到處閒晃，到了晚上就睡覺，腦子裡總想著玩樂。之所以精通三種外國語言，也只是爲了要讀懂外國那些好色淫猥的詩。我那名爲空想的胃比別人大上五倍，貪慾比別人大上十倍，從來不曾滿足過，我一直在追求更強烈的刺激，但是我既膽小、又懶惰，所以通常只是在腦中幻想，之後就不了了之。根本是形而上的投機客，只在心中探險的冒險家，書房裡的航海者，總而言之，我只是個搬不上檯面的夢想家而已。爲了追求刺激到處奔波，結果就跟奧菲莉亞扯上關係，然後……然後就這樣了。看來是我敗給了奧菲莉亞啊。我太不檢點了。這是一個我自比爲唐璜[13]踏上修行之旅，費盡千辛萬苦找到某個女孩並且追到手，就在即將要跟女孩分離之際卻發現自己從此得蟄居於此、背負家累的笑話。這是一個原本想先以欺騙某位鄉下女孩來研究女人心，當作自己進行唐璜修行之旅的第一步，卻發現自己得爲了這個研究花掉七十年人生的笑話。我就這樣帶著嚴肅痛苦的表情成了喜劇的主角。說不定我擁有意想不到的喜劇天分吧。最近身邊總是充斥著笑話。我把所有壞事都推到叔父身上，原本只是想搞笑，沒想到聽見波洛涅斯一臉嚴肅地說「有確切的證據」這種掃興的恐怖事，嚇得我寒毛直豎。所謂的弄假成眞就是這樣。會愛上我老媽那樣滿口假牙的有夫之婦，確實是一齣相當有趣的喜劇啊；波洛涅斯一下子變成正經八百的正義之士很令人噴飯；我即將要當爸爸這件事也在意料之外。不過今晚的朗讀劇才是眞正的壓軸好戲。波洛涅斯果然有些怪怪的，彷彿一下子年輕了三、四十歲，興奮得很，說：「那我們來演朗讀劇吧！」把我嚇了一跳。他挑了大時代裡某位英國女詩人相當引人入勝的詩作，然後叫我們三個人以此爲劇本來演朗讀劇，眞是服了他了。而且波洛涅斯竟然要演新娘！簡直是胡鬧。不過，啊，原來如此，這首詩的內容說不定正能戳到叔父和母親現在的痛處呢。雖然波洛涅斯說，要藉招待國王和王后來欣賞這齣朗讀劇，觀察兩人表情有何變化，但這其實不是什麼好方法。就算他們眞的看得臉色發白，又能算是什麼證據呢？相反的，如果他們還能像平常一樣笑出來，也不能算是他們無罪的證明。頂多只能看出他們兩人的反應是遲鈍還是靈敏，卻不能當作有罪或無罪的判定。眞是的，波洛涅斯到底在想什麼啊！但此刻直接說他愚蠢，又太無禮了。因爲不想破壞奧菲莉亞老爸的好心情，所以才順著他的話，說：「那眞是個好點子啊！」還強迫赫瑞修也投下贊成票，三個人開始練習朗讀時已經是今天午後了。赫瑞修起先還興趣缺缺，但是開始練習之後，就突然變得精神奕奕，還拉高聲音把在維藤貝格的戲劇研究社學到的奇怪台詞加進來。那傢伙眞是個誠實的男子啊！完全不經修飾地把自己的感情表露在言行上，就算演爛了，還是件很美的事，不會讓人感到任何不快，而且他發自內心地謙虛，知道何時該放棄。和他相比，此刻的我……啊啊，笨蛋！大笨蛋！我不懂得放棄，我的慾望無窮無盡，我是個一臉癡呆，成天妄想著把全天下的女人都占爲己有的笨蛋。因爲想讓全世界的人都打從心底佩服我，所以時不時向他們展露一下我俊俏的臉龐，卓越的處事手腕，和嚴謹的人格，好讓全世界的人都對我刮目相看。我時常托著腮幻想這件事，想到出神，但是，結果我什麼也做不到。別說全天下的女人了，一個鄰家的小姑娘就讓我不知該如何是好，痛苦得生不如死；還有卓越的處事手腕，我對國家政事根本一竅不通，怎麼可能讓人對我刮目相看，我一天到晚都被別人騙得一愣一愣的啊。我太害怕人，太敬畏人了。即使別人只是對我說著形式上的客套話，我也會擅自把那句客套話當作是對方由衷說出來的，忽然狂喜起來，甚至像發了瘋似的，心想應該要回報對方的期待，奮不顧身地故意展現英雄氣概，結果反而弄巧成拙，成爲大家恥笑的對象。即使被別人指責，我也不會察覺到那個人的敵意，只認爲大家都是爲了我著想，才不得已口出惡言，眞是感激你們啊，各位的厚意我來日必報，也會把各位當作恩人，將大名銘記在心裡的筆記本上。被人輕蔑時，會誤以爲那是對方表示的敬意或愛意而感到受寵若驚，五、六年後才會在某個夜裡突然發現原來自己被輕蔑了，正想大罵一聲「畜生」，卻又念頭一轉，覺得：「啊，這是件可喜可賀的事啊！」正這麼想時，我那精打細算的性格又在我對朋友們好的時候，在心中某個角落響起「做好事得好報」的聲音。我眞是個彆扭的男人，所謂的「不知分寸」，說的就是我這樣的人吧。再說我本來就不知道厲害之人和壞人有何區別。總是露出一副寂寥表情的人，看起來似乎就是比較偉大、比較厲害的樣子。啊啊，眞可憐，人眞可憐。我跟赫瑞修都很可憐，波洛涅斯、奧菲莉亞、叔父和母親，每個人，每個人都好可憐。我從很早之前就沒有輕蔑、憎惡、憤怒或嫉妒這些情感，一點也沒有，我只是模仿別人的憎惡或輕蔑做做樣子而已，心裡其實一點感覺也沒有。憎恨人是什麼樣的感覺？輕蔑別人、嫉妒別人……這些又是什麼感覺？我一點也不知道。只有一種情感，可以讓我明確地感受到，就像海浪拍打著我的胸口一樣的澎湃洶湧，那就是覺得別人可憐。我靠著這唯一的情感，度過二十三年的歲月，除此之外我一無所知。但就算我覺得人好可憐，也做不了什麼事，只能在心裡這樣想著，連言語都沒辦法好好表達出來，行爲舉止也有違心中所想。我一事無成啊，我是個懶惰的大笨蛋，什麼忙都幫不上！啊啊，眞可憐。這一點都不好笑。不管是赫瑞修、叔父、母親，還是波洛涅斯，每個人都好可憐。如果我的性命幫得上忙，我願意奉獻給任何人。最近我越來越覺得人都是可憐的，可憐得無以復加。就算絞盡腦汁，拚命努力，也只會讓每件事都往壞的方面去。

人物：波洛涅斯、哈姆雷特

波洛涅斯　啊啊，忙翻了！哎呀，哈姆雷特殿下，您已經到了啊。您看，這個如何？挺像個舞台的樣子了吧？我剛把毛毯和空箱子等等都拿到這個房間來，才做成這樣的舞台。什麼？這樣的舞台就已經很足夠啦，只是朗讀劇而已，所以布幕跟背景都不需要，是吧？但我覺得舞台上什麼都沒有的話就太空虛了，於是在這裡放了一個蘇鐵的盆栽。如何？這個盆栽讓整個舞台變得更醒目了吧？

哈姆雷特　好可憐。

波洛涅斯　您說什麼？什麼好可憐？您的意思是，不能把蘇鐵盆栽放在這裡是嗎？那我就把它搬到舞台的後方吧。原來如此啊，經您這麼一說，我也覺得這個蘇鐵盆栽放在這裡看起來怪可憐的，好像馬上就會從舞台掉下去一樣。

哈姆雷特　波洛涅斯，可憐的是你啊。不，不只是你，叔父和母親啊，每個人都好可憐，活著的每個人都很可憐。這麼努力地忍耐苦痛生存至今，卻連一個可以開懷大笑的愉快夜晚都沒有。

波洛涅斯　事到如今您還說這些幹嘛呢？一直說好可憐好可憐，眞是不吉利。你就只會對別人費心計劃的事潑冷水，說些掃興的話。我可是爲了您，才想試試這種騙小孩子的把戲，因爲我對你們的正義潔癖起了共鳴，才希望加入你們追求眞理的行列，我完全沒有別的野心，只是想趁他們觀賞這齣朗讀劇的時候，試探那則奇怪的謠言裡，究竟有多少成分屬實——

哈姆雷特　我知道、我知道，波洛涅斯，你看上去完全就是個正義之士呀。但有時一己的正義感可能會把他人安穩的家庭生活給破壞殆盡。這和哪一方做了多壞的事無關，而是從一開始，人就必然會遇上這種無法十全十美的事。如果我們眞的得到了叔父做了什麼壞事的證據，那會變得如何呢？我們每個人只會變得比以前更可憐吧。

波洛涅斯　不，哈姆雷特殿下，恕我失禮，您果然還是太年輕了。如果可以藉這次的試探，得知國王陛下沒有任何隱蔽之事，不只是我們，全丹麥的國民都會一同安心地鬆一口氣，城中將會綻滿幸福的笑容啊！正義指的不一定是舉發人的罪行與責罰，有時候，證明無罪的事實，因而拯救一個人，也算正義的一種。波洛涅斯我非常期待能有這種幸福的結果！如果、如果眞的是這樣……啊啊，那簡直是奇蹟啊！不對，可是……算了，反正就先做做看吧，之後的事就請交給我波洛涅斯來處理，我絕對不會做出對您不利的事。

哈姆雷特　波洛涅斯，你還眞拚命啊，好可憐。你說的我全都知道……唉，眞討厭。不管叔父做出什麼事其實都無所謂，不是嗎？叔父也只是用他自己的方式力圖生存而已。我的想法好像突然改變了。到今天早上爲止，我一直在講叔父的不是，大聲嚷嚷地吵著非要找出那則可怕謠言的來源不可，但是，波洛涅斯，說不定事情眞如你先前所說，我的確是爲了改變醜聞的風向，使用了遮羞的道具。先前你說很遺憾，的確有證實謠言的證據，我突然覺得叔父好可憐、好可憐，畢竟他也很努力了。叔父不會做出那麼愚蠢又惡劣的事，因爲他是個比我還軟弱的人，所以才拚了命努力著。啊啊，我是個笨蛋！原本只是開開玩笑，結果卻眞的對他起了疑心，我太冒失了，眞是可恥。波洛涅斯，我們不要再假裝成正義之士了，這種膚淺的遊戲會造成多可怕的後果啊！只要一想到那恐怖的後果，我就覺得快要活不下去了。

波洛涅斯　你別這麼誇張。早上是連續說「痛苦」，現在又變成「可憐」的連發。到底是誰教你這樣不斷重複說著同一組詞語的啊？這世上不只有「情緒」，還有「正義」和「意志」。要活出成就，最忌憐憫和反省。你要是滿腦子只想著奧菲莉亞的事，那就算了，隨你去吧。和哈姆雷特殿下比起來，赫瑞修大人天眞又淡泊，彷彿活在年輕人單純的夢裡，你多少也向他學學。你瞧，赫瑞修大人爲我們即將演出戲劇一事開心得不得了，彷彿忘記了這齣朗讀劇背後的眞正用意，練習得多專心啊！像他那樣多好！你的台詞都練習好了嗎？再過不久觀眾就要進來了，赫瑞修大人已經準備去邀約各位貴賓了。他還眞是積極呢，雖然他也想演新娘，但只有我能演出那個角色的精髓。哎呀，已經有觀眾到了呢。

人物：國王、王后、赫瑞修、波洛涅斯、哈姆雷特、侍從數名

王　非常感謝今晚的招待。因爲赫瑞修要表演他在維藤貝格學到的獨特表演方法，所以吾便帶著各位一同前來欣賞。各位都是吾的家人，能有這樣的聚會，吾實在感到非常喜悅，果然一家團圓才是人生至高的幸福啊。近來無樂事，只覺得人生充滿了許多令人難以喘息的痛苦，所以眞的很感謝今晚的邀約。哈姆雷特今天看起來有精神多了，心情似乎也好多了呢，有好朋友在身邊果然可以恢復精神。今後也要時常舉辦這類活動才好。

波洛涅斯　是的，其實我也是抱著這樣的打算，忘記自己年事已高而參加年輕人的劇團。這次演出，首先是爲了祝賀國王即位與大婚之喜，再來是爲了讓哈姆雷特殿下散心解憂，最後則是因爲赫瑞修大人要爲我們表演他在外國修習的獨特發聲法。

赫瑞修　您這麼說讓我很爲難啊，什麼獨特發聲法，聽您這麼一

說，我反而什麼聲音都發不出來了。王后陛下，歡迎歡迎，觀眾席在這裡，來，請坐。

王后　眞是令我意外，爲什麼突然要演朗讀劇呢？一定是哈姆雷特一時興起，還是波洛涅斯的歪腦筋，隨便吹捧一下，就讓赫瑞修也被迫加入。但我怎麼想都想不通。

王　葛楚德，常看戲的人是不會把這種理所當然的事講出來的。來，各位請坐。喔喔，舞台做得不錯嘛！這是波洛涅斯布置的嗎？沒想到你在這方面也挺能幹的呢。這就是「天生我才，必有其用」啊。

波洛涅斯　不敢當。那麼接下來就請看看我們精彩絕倫的演出吧。哈姆雷特殿下，來吧，準備登台了。赫瑞修大人也這邊請。

哈姆雷特　我覺得彷彿要爬上比阿爾卑斯山還要高的地方了。現在就要……上斷頭台了嗎？嘿咻！

赫瑞修　剛開始排練的時候，誰都覺得舞台高得令人頭昏呢，我已經是第三次上台了所以一定沒問題的。啊！腳滑了。

波洛涅斯　赫瑞修大人，請您小心啊。這是用空箱子堆起來的，會有很多凹凸不平的地方。那麼，各位，我們三人就是正義的劇團。今晚我們將演出名爲《迎火》[14]的詩劇，這是一位英國女作家的傑作。因爲有我這麼一位經驗不足的老頭混在劇團裡，所以待會兒的演出可能多少有些失誤之處，還請各位海涵。赫瑞修大人是在國外進修的人氣演員，那麼就從您先開始向各位觀眾問好吧。

赫瑞修　咦？我……那個……什麼都……啊啊，傷腦筋。我只是想挑戰新郎這個角色而已。

波洛涅斯　在下不才，飾演的是新娘。

王后　眞令人不舒服。波洛涅斯大人簡直像喝醉一樣了。

王　比喝醉嚴重多了，妳看他那個眼神。

哈姆雷特　我飾演的是亡靈。波洛涅斯，我想我們就快點開始吧，觀眾在說我們是喝醉酒的劇團呢。

波洛涅斯　沒醉的只有我而已吧。那麼，廢話不多說，各位觀眾，開始吧。

新娘（波洛涅斯）：

戀人啊，溫柔的戀人啊，請緊緊抱住我。

那個人就要來把我帶走。

啊啊，好冷。

風吹過松木的聲音多麼可怕。寒冷的北風把我的身體都凍僵了。

從遙遠的，

遙遠的，

森林深處，飄搖而來的小小燈火。

那是，我的迎火。

新郎（赫瑞修）：
啊啊，那我就抱住妳吧，我的小鳥。
在遙遠森林閃爍的只是星星。
沒有任何可疑之人。
因為，在朔風凜勁的夜裡，連星光都感覺尖銳不已。

亡靈（哈姆雷特）：
喂、
喂。
新娘啊，
跟我來吧。妳之前見過我，不可能忘記。
我的聲音是槁葉枯風，我的新居是泥沼深淵。
跟我一起來吧，

到我冰凍的寢床上。
喚妳的人就是我。妳不可能，忘記我。
來吧。
以前，我只要說這句話，妳就會像一朵半開的薔薇，害羞地靠近我身旁。
現在，則變成了一朵盛開的銀蓮花[15]。
真是美麗的謊言。
來吧。

新娘（波洛涅斯）：
戀人啊，請你用力抱住我！
那個人的往日身影前來折磨我了，
那個人的冰冷手指抓住我的手腕。

啊，戀人啊，請緊緊抱住我。如果我鬆軟的身體從你手臂中溜走，彷彿就會飛到遠方森林裡的墓地。
吹過松木的風聲是人的聲音。
因為他一時的迷惘，便不停低聲囁嚅，說著以前的約定。
戀人啊，請你用力抱住我！
啊，那是過去犯下的愚蠢錯誤。
我命該絕。

新郎（赫瑞修）：
我會陪著妳。
如今還害怕已經死去的人，是不必要的良心。
我會陪著妳。
沒有任何可疑之人。

如果妳害怕風聲，就暫時把耳朵摀起來吧。

亡靈（哈姆雷特）：

來吧。

即使摀住耳朵、閉起眼睛，妳應該還是能聽見我的聲音，應該還是能看見我的身影。

走吧。

走吧，走。

我會遵守從前的約定，好好珍惜妳、守護妳。

我已經備妥妳的寢床，是能給妳甜美睡眠，不再讓妳醒來的上好寢床。

來吧。

我的新居是泥沼深淵。總之就心無旁鶩地直直前進，走到迢迢長路的終點。

走吧，走。實現我們過去的約定。

新娘（波洛涅斯）：

戀人啊。

你現在抱我也來不及了，已經來不及了。

聲音像槁葉枯風的那個人，硬要把我帶走。

再見。

我走了後，請不要傷心，要像以前一樣喝很多酒，去能夠曬到太陽的地方。

啊啊，還有，還有一句。

我不會留下任何東西給你，不管是道別的言語、髮絲、吻，我都會帶走。

已經，來不及了。
請你不要忘記我。

亡靈（哈姆雷特）：
無謂之舉。
可憐兮兮的話語都是無謂。
妳不懂新郎的心。
妳愛的那位騎士，在妳離去三日後就會把妳忘記。
美麗又脆弱的罪人啊，
一直以來我備嘗世上的苦痛，妳也會嘗到一樣的。
嫉妒。
這就是妳渴望被愛的收穫。
真的是很棒的收穫啊。

現在，那張屬於新娘的椅子上，應該坐著一位比妳更年輕、更容易害羞的女孩，和新郎一起立下新的誓言，以妳的姿態坐著，不久更將生下孩子。

在這世上，越膚淺的人越會被眾人所愛，也越幸福。

走吧，走。

只有我和妳，

受盡風吹雨淋，

隨風盤旋、放聲哭喊、隨處放逐吧！

王后　請停止！哈姆雷特，夠了，停止！這到底是誰的歪主意？愚蠢到了極點，簡直看不下去！反正你們就是要惹惱我，不過至少也該做得聰明一點吧。你們太卑鄙、太惡劣了。恕我失陪。我覺得很不舒服，都快吐出來了。

王　沒什麼好生氣的，挺有趣的呀，不是嗎？而且他們似乎還沒演完啊。波洛涅斯演的新娘眞出色。「請你用力抱住我！」彷彿呼吸都要停止般哀求的地方很精彩，一邊說著「我命該絕」一邊垂下頸項的樣子，好像眞的少女呢，演得眞好。

波洛涅斯　謝謝您的讚美。

王　波洛涅斯，待會兒請你到吾的起居間來。哈姆雷特似乎說了劇本上沒有的台詞呢，但是看起來一點熱情也沒有，臉上也一副無所謂的表情。

王后　這麼爛的戲，就恕我先行退下了。要是新娘是波洛涅斯，新郎就非得是海坊主[16]不可了。失陪。

王　等等。哈姆雷特，這齣戲算演完了嗎？

哈姆雷特　是的，很抱歉。雖然還有後續，但演不演已經無所謂了。這樣就夠了，反正演戲也不是我眞正的目的。那麼，各位請回吧，抱歉今晚讓各位看了齣無聊的戲。

王　吾已料到會這樣了。那麼，葛楚德，吾也和妳一起回去。啊呀，眞是有趣的戲啊。赫瑞修從維藤貝格學來的獨特表演方法，特色就是不斷結巴對吧。

赫瑞修　抱歉傷了尊耳。但我似乎還沒演夠呢。

王　波洛涅斯，待會兒來一下吾的起居間。那麼，失陪了。

人物：波洛涅斯、哈姆雷特、赫瑞修

波洛涅斯　看來普通的方法行不通啊。

赫瑞修　不過似乎是眞的沒事的樣子。

哈姆雷特　那是當然的，王后動怒，國王笑了出來，光靠這兩點哪算得上什麼關鍵啊。波洛涅斯，你眞是個笨蛋，演得簡直就像年老色衰的奧菲莉亞。叫老子跟你受盡風吹雨淋，隨風盤旋、放聲哭喊、隨處放逐啊！

波洛涅斯　事件從這才開始要急轉直下呢。請您繼續看下去吧。

VIII 國王的寢室

人物：國王、波洛涅斯

王　波洛涅斯，沒想到你會背叛吾。你慫恿孩子們跟你一起演這齣愚蠢到極點的朗讀劇，到底是爲什麼？難道你發瘋了嗎？請你自重。吾大概可以猜到，你想以這樣的胡鬧來威脅我們，好讓我們寬赦你女兒的失態，是嗎？波洛涅斯，你果然太溺愛她了。爲什麼不直接找吾商量呢？如果你有怨恨，可以直說無妨。原來你爲人如此陰險狡猾。但即使如此，你也只會耍些無趣的小手段，完全使不出如男子漢般乾坤一擲的大陰謀。波洛涅斯，做人要知恥。和乳臭未乾的哈姆雷特還有赫瑞修混在一起，朗讀一些空虛又做作的詞句，你們到底在搞什麼鬼？什麼朗讀劇嘛，當你用你的櫻桃小口反覆唸著「遙遠的、遙遠的」，吾全身都起雞皮疙搭了，因爲實在不忍卒睹，反而對觀眾覺得很不好意思，吾都流出眼淚了。你原本就是個神經纖細的人，這是你的優點，你對四面八方的小事都觀察入微，連將來的事都考慮進去，然後向吾進言，幫了吾很大的忙，吾眞的衷心感謝你，你這麼可靠，吾沒有你不行；但這同時也是你的缺點，因爲你缺乏光明磊落的行事風格，對芝麻小事都囉唆到愚蠢的地步，又不會直接說出自己的想法，而是故作紳士，拐彎抹角地說，這好像就叫做「詩人之心」吧。但你這麼陰陽怪氣的可不行，看起來似乎心中總是滿懷怨恨，城裡的人們也都被你搞得烏煙瘴氣的，所以他們都不太喜歡你不是嗎？明明就做不出什麼罪大惡極的事，看起來卻如此陰險狡詐。這也就算了，偏偏又像個娘娘腔。

波洛涅斯　不是有句話說「有其君必有其臣」嗎？波洛涅斯會一副娘娘腔的樣子，都要感謝國王陛下對臣的影響啊。

王　你別惱羞成怒！太無禮了！你在說些什麼？你脹紅臉的樣子

彷彿換了個人似的。波洛涅斯，你是不是暗地裡做了什麼事？因爲你原本就神經質，喜怒無常，是個非常情緒化的人，可能被小事給沖昏頭，興奮得忘了自己的地位和年齡，於是隨之起舞，像剛才那樣用噁心的尖聲飾演一個令人感到不快的新娘，但程度還不算太嚴重。波洛涅斯，這三十年來我們幾乎可說是同住在一個屋簷下，但像你今晚這樣超乎想像的醜態，吾還是第一次見到，吾想好好質問你，背後是否有什麼不爲人知的原因，所以才把你叫到這兒來。你連一句道歉都沒說，還反而臉色大變，狠咬著吾不放。波洛涅斯！來，冷靜一下，好好回答吾的問題。你到底爲什麼會忘記自己的年齡、地位，演那種連小孩子都會發笑的戲呢？總之那齣戲……啊不，是叫朗讀劇嗎？總之，那種無聊的朗讀劇，肯定是你的發想，不會錯的，吾很清楚。如果是哈姆雷特或赫瑞修，一定會選擇更高明的劇本。像這種裝腔作勢得讓人忍不住打起冷顫的老掉牙劇本，除了你之外沒有別人會選。所以不管怎麼說，這都是你的傑作。來吧，波洛涅斯，請你回答，爲什麼要演那種無禮又愚蠢的戲呢？

波洛涅斯　國王陛下如此英明睿智，想必不需波洛涅斯贅言，國王陛下已明鑑秋毫了。

王　你怎麼又用這麼不自然的敬語說這麼酸的話呢？你在鬧脾氣嗎？波洛涅斯，不要故意露出那種表情，簡直跟哈姆雷特一模一樣。你也變成哈姆雷特的徒弟了嗎？吾剛才從王后那裡聽說，最近好像到處都出現了哈姆雷特的徒弟。赫瑞修從以前就對哈姆雷特很著迷，連歪嘴的方式都模仿他，最近似乎多了一位可愛的女弟子，沒想到剛才又增加了一位老爺爺徒弟。哈姆雷特陸陸續續培養出這麼多優秀的後繼者，他一定覺得很放心吧。波洛涅斯，都一把年紀了，不要再這麼彆扭，如果你有任何不滿，就直接說出來，如何？如果是奧菲莉亞的事，吾心中已經有了決定。

波洛涅斯　臣斗膽，但現在的問題恐怕已不在奧菲莉亞身上。她的命運已經決定了，就是躲在鄉間的城堡裡，偷偷生下孩子，如此而已，所以我提出辭呈，也中止了雷爾提斯的遊學，我們一家就此沒落。這是命定的事，波洛涅斯已經不抱任何希望了。哈姆雷特殿下非得迎娶英國的公主不可，因爲這關係到一國的安危。奧菲莉亞雖然很可憐，但國家的命運可不能因此而改變。波洛涅斯一家不論遭逢多大的不幸，都會繼續忍耐，就此隱居鄉間，這一點請您安心。問題不是奧菲莉亞，而是正義。

王　正義？你說的話眞不可思議。

波洛涅斯　正義，青年的正義。波洛涅斯爲此深有同感。那麼，國王陛下，恕我斗膽，波洛涅斯接下來就一五一十地稟告陛下。

王　看來吾似乎非得聽朗讀劇的後半不可了。你又開始用像演戲一樣奇怪的姿態在講話了。

波洛涅斯　國王陛下，波洛涅斯是認眞的。還請國王陛下別不當一回事，認眞地聽我說。首先，我有一件事想請教國王陛下。陛下，對於最近城中流傳的那則令人不快到極點的謠言，您有什麼想法？

王　什麼？吾不懂你所說的意思。如果是關於奧菲莉亞的謠言，吾是今天早上才從你這裡聽說的，那是吾作夢也沒想過的事。

波洛涅斯　國王陛下您可不能裝傻。現在奧菲莉亞已經不是問題了，那件事已經解決了。我剛才問您的，是更龐大、更可怕，一直懸而未解的問題。國王陛下，您眞的毫無所知嗎？您心裡應該有個底吧？不可能沒有，因爲——

王　吾知道，吾什麼都知道了。大家交頭接耳談論著先王的死因，做出種種無妄的臆測，吾也聽說了。比起憤怒，吾更對自己的不德感到羞恥。像那種無憑無據的謠言竟然會被傳得繪聲繪影，是因爲吾身爲人的道德尚有不足之處所導致的，對此吾相當感嘆，最近聽說還傳到外國人的耳裡了。但如果只是任憑謠言流傳，只是不斷感嘆自己道德的不足，謠言只會越傳越廣，迎來無法收拾的局面，所以吾想找你商量平息這則謠言的方法。吾還算冷靜，王后畢竟是女流之輩，她為了這則謠言煩惱不已，最近都夜不成眠。要是我們什麼事都不做，放任時間荏苒流去，王后就會死去啊！那些年輕人不知道我們的立場有多艱難，還故意說些諷刺、討罵的話，把別人拚了命的生存之道當作遊戲的道具。吾覺得他們的所作所為很不要臉，但這次連你也……總之，不知道到底是什麼理由，你竟然站在年輕人的前面帶頭起舞，讓吾也討厭這個世間了。波洛涅斯，你該不會也相信那個謠言吧？

波洛涅斯　我相信。

王　什麼？

波洛涅斯　不，我不相信，但是我一直假裝成相信的樣子。波洛涅斯在離職前留給您最後的贈禮，就是我的忠誠。國王陛下，不，克勞迪亞斯大人，這三十餘年間，不只臣波洛涅斯一人，我的家族也受到您的寵愛及庇護。這次因爲奧菲莉亞令人遺憾的失態行爲，臣波洛涅斯不得不離職歸鄉，心中浮現相當多的感慨。道別令人十分痛苦，在我對您說出難以啟齒的道別言辭之前，我想獻給您這份忠誠的獻禮，以報答您萬分之一的恩情，所以剛才對那群年輕人採取了一個我認爲最好的處理方法。那群年輕人一開始聽到謠言時，都把它當作笑話來看，還誇張地拿它來開玩笑，嬉嬉鬧鬧的，但我否定他們的玩笑，反而告訴他們這則謠言確有證據，謠言是眞的。

王　波洛涅斯！這算什麼忠誠？你慫恿那群年輕人，又散播流言蜚語，這算哪門子忠誠和報恩！波洛涅斯，你的罪過只有辭職是不夠的。吾錯看你了，沒想到你是這麼卑鄙的男人。

波洛涅斯　請您先不要生氣。如果波洛涅斯這次的處理方式是錯的，不論是怎樣的責罰我都甘於接受。克勞迪亞斯大人，恕我斗膽，這則奇怪的謠言令人意外地被廣傳到各地，如果我們越想大事化小小事化無，謠言的火燄反而會越燒越旺，普通的手段是沒辦法斷絕的，我已經看穿這點，所以才破釜沉舟，也就是由我故意輕率地引起騷動，讓那群年輕人覺醒，喚起他們對國王的同情，這就是我的手法，果然，哈姆雷特殿下和赫瑞修被我狂喊正義的狂熱模樣嚇到，甚至說出為國王陛下辯護的話。這股風潮從城裡而起，不久便會散布到四面八方，相信謠言的火燄被全部消滅的一天也不久了。一切看似都進行得很順利。我們越想要消滅謠言，謠言就越傳越遠，如果我們能夠覺醒，把謠言的火燄煽大，謠言反而會自然地消滅。我都這把年紀了，還和年輕人混在一起，喊著正義啊、理想啊這些做作得牙齒都要掉下來的話語，甚至不得不飾演那個新娘的角色，實在相當痛苦，現在想起來我都還冷汗直流。還請您理解臣微薄的心思。

王　說得眞好，眞是偉大的理由啊。但是，波洛涅斯，吾不是小孩子，怎麼會相信那種愚蠢的辯解呢？什麼爲了消滅謠言的火燄，就反而要煽動它，那種簡直是騙小孩子的愚蠢說詞，說給哈姆雷特他們聽，或許他們還會相信，但吾只覺得是無稽之談。沒想到忠臣也會做出這種事。波洛涅斯！什麼都別再說了！你說的都太愚蠢了，吾實在無法再聽下去。換吾說給你聽吧。你應該從很久以前就對葛楚德抱著某種特別的情感吧。先王猝逝，葛楚德流下悲嘆的眼淚時，你安慰的言詞裡卻隱藏著異樣的眞情，吾很清楚。眞是不像樣的傢伙。可憐的男人啊，吾一面想著，從那時起就已經暗中對你起了戒心。波洛涅斯，你自己沒有察覺到，吾以爲你是爲了奧菲莉亞的失態而急躁不已，卻又突然說出正義啊、潔癖啊等等的言詞，帶著一群孩子起舞，遷怒於我們，現在突然一副忠臣的模樣，將奧菲莉亞的事情當作轉機，胡言亂語說了一堆，以極度滑稽的方式，將你長久以來壓抑在心裡的某種情感爆發出來。你自己沒有發現，只是在你老人家的心中，有股如同孩童亂擲鞭炮般的毛躁心情，波洛涅斯，這種心情，自古以來就有一個約定俗成的名稱。剛才的朗讀劇裡哈姆雷特也有唸到這個字。你有注意到嗎？那就是「嫉妒」。

波洛涅斯　哼！自戀也該有個限度。國王陛下，我才想問您怎麼了呢。戀愛中的人果然都是盲目的。您自己身在戀愛裡，就以爲所有人看起來都想戀愛。總之，嫉妒這字眼就恕我奉還給您。波洛涅斯大半生都過著鰥夫的生活，這種顏面掃地的感情問題是絕對不會有的。國王陛下，嫉妒的是您吧？國王陛下現在的心情，才應該被稱爲嫉妒。您長久以來隱藏在心中的情感終於可以傳達給對方，會感到高興是當然的，但您卻連我這種垂垂老矣的老者都嫉妒，依波洛涅斯之見，應是府上的家務事無法圓滿解決之故。

王　閉嘴！波洛涅斯，你瘋了嗎？你知道你在對誰說話嗎？吾看你已經因爲女兒的失態而自暴自棄了。光是你剛才這番無禮的胡言亂語，就已經足以將你免職、送進大牢了。吾最痛恨的事情就是骯髒下賤的臆測。波洛涅斯，建設總要耗費很長的時日，但崩壞卻只在一瞬間。你三十年來的忠誠勤勉，因爲今晚的無禮而消失殆盡。眞是無常啊。人的命運，連下一秒鐘都無法預測，完全不知道會發生什麼事。吾雖然相信意志可以改變宿命，但在某些事情上，還是有神的旨意。波洛涅斯，剛才其實吾已經打算原諒你了，奧菲莉亞的事，吾也有了最壞的打算。哈姆雷特似乎眞的很喜歡奧菲莉亞，所以如果他聽不進我們的忠告那也沒有辦法，迎娶英國公主一事只好取消，吾會原諒他們，讓他和奧菲莉亞結婚。王后也是站在奧菲莉亞那邊的，今天傍晚的時候，王后還哭著下跪向吾請求。一直以來對吾的所作所爲都報以冷笑的葛楚德，第一次拋棄自尊向吾請求，吾也不得不有所覺悟。迎娶英國公主一事，是諸多重大政策之一，但吾沒有即使家庭不和也要果敢決行的勇氣。吾太軟弱了！吾不是個稱職的政治家。比起丹麥王國的命運，吾更渴望一家的和平，只要能當一個好丈夫、好父親，吾就滿足了。或許吾沒有當國王的資格吧。吾已經打算原諒你們了，因為我們都是弱者，我們應該彼此幫助，彼此友愛地走下去，正當吾有這樣的覺悟時，波洛涅斯，你怎麼會這麼笨呢？自己一個人擅自誤解你們一家已經沒落，變得自暴自棄，因為傾慕王后苦無結果，演了一齣朗讀劇，說些諷刺的台詞來報復，又對吾巧言令色地說這其實是你身為忠臣的苦肉計等等，被吾看穿之後又開始失禮至極地恐嚇，滿口惡言。波洛涅斯，吾已經不想原諒你們了。你太愚蠢，太容易被看穿了。吾可以原諒人的惡，但無法原諒人的愚蠢，愚鈍是最大的罪過。波洛涅斯，就算你辭職也無濟於事了，你明白嗎？

波洛涅斯　謊言，謊言！國王陛下你說的全是謊言！什麼願意讓哈姆雷特殿下和奧菲莉亞結婚，根本是謊言中的謊言，大謊言！弱者？不是個稱職的政治家？比起丹麥王國你更愛一家的和平？全都是謊言。比國王陛下更高明、擁有更卓越手腕的政治家，在歐洲也屈指可數，波洛涅斯從很久以前就對陛下感服不已。國王陛下，請您不要再有所隱瞞，此刻這個房間裡就只有您和波洛涅斯二人，沒有外人了。時刻也已是丑滿時[17]，不僅是城內的人，連巢居棲在屋簷的小鳥、棲息在天花板裡的老鼠，都已深深熟睡了，沒有人在偷聽。來，請您說吧，波洛涅斯已經很清楚了，國王陛下，您這兩個月來應該一直在等著能讓波洛涅斯失勢的機會吧？

王　滿口胡言。丑滿時又如何？你用了一大堆如同戲劇的台詞，一點都不覺得不好意思，還氣成這樣？眞是難看。波洛涅斯，夠了，你退下吧，改天吾再召你。

波洛涅斯　請您現在就說吧。波洛涅斯已經下了決心，反正我是逃不了了。國王陛下這兩個月以來，一直用緊盯獵物的眼神注意著我有沒有任何失態，因爲我知道這點，所以處處愼行，盡量不違背國王陛下的旨意，一直到今天爲止，都算小心翼翼，未犯大過。我讓雷爾提斯去法國遊學，也是爲了讓他逃過國王陛下如天羅地網般的窺伺之眼。就算我沒有失態，也難保雷爾提斯不會因爲年輕氣盛而闖出什麼禍來。如果雷爾提斯有一丁點逾矩，在一旁等待已久的國王陛下肯定會讓我們一家滅門抄族，這是明若觀火的事實，我爲保萬全，以爲讓雷爾提斯逃到法國就能安心，遺憾的是，我最信賴的奧菲莉亞反而闖了難以收拾的大禍，我昨天知道以後，腳下的土地彷彿嘩的一聲崩裂開來，我徹底絕望了。我希望至少能讓奧菲莉亞得到幸福，今早抱著僅存的一絲希望前去找哈姆雷特殿下商量，但恕我失禮，哈姆雷特殿下畢竟還太年輕，只是反覆說著像是黑雲翻湧、亂雲覆過心頭等等無關緊要的話，完全無法倚靠。我再仔細問哈姆雷特殿下，他才說，比起奧菲莉亞的事，現在他更在意那則關於先王死因的恐怖謠言，還信誓旦旦地說，一定要找出謠言的來源。如果我就此旁觀年輕人魯莽行事，說不定他會打草驚蛇，惹出什麼嚴重的後果，於是波洛涅斯便拿出此生僅有的妙計，拿出我對您的忠誠贈禮，毫不猶豫地支持年輕人解開他的疑惑，並且帶頭搖旗大喊正義，提議演出那種破綻百出的朗讀劇，就是爲了讓年輕人看傻了眼之後，喚起他們的覺醒之心，這些我剛才都已稟告過了，但國王陛下，您完全不相信我。在我心深處，畢竟還是深深憐憫奧菲莉亞的，如果只有她一人能得到幸福也就夠了，所以我才希望可以盡快解除哈姆雷特殿下心中的疑惑，這樣他才能全心爲奧菲莉亞著想。我坦承心中的確有些許這樣的想法，但這絕對不是全部。國王陛下，請您相信我！想做好事，希望被別人感謝而活，是人的本能。今天一整天，波洛涅斯都想爲國王陛下、王后陛下及哈姆雷特殿下獻上忠誠的獻禮，原以爲一定能得到您的讚美，卻被您數落只會說愚蠢的好聽話，嘲笑我自暴自棄，最後還把嫉妒這種無妄之罪硬扣在我頭上，波洛涅斯實在忍無可忍，才脫口講出許多失禮的惡言。波洛涅斯很清楚，國王陛下這兩個月以來，一直在等著波洛涅斯陷入如此絕境，您的本意一定是這樣的對吧？波洛涅斯果然是個笨蛋，是丹麥王國裡最笨的愚者，明明從一開始就知道會是這樣的結果，卻還多嘴說什麼忠誠的贈禮之類的大道理，反而陷自己於不利的立場。您對我的處罰也漸漸加重了對吧？我眞是自掘墳墓。

王　啊啊，吾都聽到睡著了。你淨說些像台詞般的花言巧語，吾不自覺就恍神了。波洛涅斯，你死心吧，事到如今還說這些廢話都於事無補。你退下吧，吾已有決意。

波洛涅斯　惡人。國王陛下，您眞是個惡人，我憎恨你。我就說吧，您以為我不知道那件事嗎？我都看見了，用這雙眼睛看得清清楚楚。兩個月前，我不小心瞥見，從那之後我就陷入了不幸之中，國王陛下您也察覺到事情被我看見了，所以在那之後便處處緊盯著我，看我何時會不愼失足，我就此被國王陛下厭惡。這段期間裡我自己也有了覺悟，總有一天我會被逼到絕境，被國王陛下從城裡趕出去。唉，要是我沒看見就好了，要是我什麼都不知道就好了。剛才我只是假裝成正義之士，但現在卻打從心底想要大喊：正義！

王　退下！我不能再放任你胡言亂語！你滿腦子只想著讓自己的過失被原諒，竟然還敢出言威脅吾！眞是個骯髒的老頭！退下！

波洛涅斯　不，我不退下。我都看見了。我不會忘記兩個月前的那一天，早上還冷得冰天凍地的，但接近中午時陽光顯現就變得暖和許多，先王坐在庭院裡，那時、那時……

王　你瘋了！吾現在就賜你懲罰！

波洛涅斯　我就接受您的懲罰！都是因爲我看見了，才會受到懲罰。啊！畜生！竟然是短劍……

王　原諒吾！吾未打算殺你，但不自覺就拔劍出鞘，刺了出去。

吾原本只把你那番令人不齒的惡言惡語，當成一位老人爲了自己可憐的女兒氣急敗壞才說出的言論，但你卻越說越過分，簡直像瘋了一樣，含血噴人說出可怕的怪事，吾便不由分說地拔出短劍，刺了下去。原諒吾！你說得也太過分了。不用擔心奧菲莉亞。波洛涅斯，你明白吾說的話嗎？你認得吾的臉嗎？

波洛涅斯　都是爲了正義，沒錯，都是爲了正義。奧菲莉亞，幫我拿出鎧甲。爸爸……是個沒用的爸爸啊……

王　是眼淚。沒想到從吾這種人的眼裡也會湧出淚水。如果淚水能夠洗清吾的罪孽就好了，波洛涅斯，因爲你都看到了，你的懷疑也不無道理。啊！誰？誰站在那裡？別逃，站住！啊，是葛楚德啊。

IX　城內大廳

人物：哈姆雷特、奧菲莉亞

哈姆雷特　是嗎？原來妳從昨晚就沒看見波洛涅斯啊，的確有點奇怪。不過，肯定不會是什麼大事。大人有大人的世界嘛，即使知道自己露骨的權謀一定會被他人看穿，還是裝出一臉嚴肅的樣子，這邊交頭接耳，那邊擠眉弄眼，帶有深意地點著頭使眼色，但其實都不是什麼大事。他們只是喜歡裝出一副權謀的樣子，即使無法回答問題，也要集合烏合之眾隨隨便便開個會，他們就是喜歡表現這種愚劣的演技。叔父和波洛涅斯都喜歡使一些小家子氣的招數，說不定兩人昨晚又在商量要耍什麼小把戲了。昨晚的朗讀劇也是波洛涅斯深思熟慮的結果，如果不然，只能說他真的瘋了，只是一個圖一己之利，小家子氣的技倆罷了。我大概猜得出來。那些人的城府還真深啊！城府深的人本來就滿腦子都是小心眼的利益計算，只會做些膚淺的掃興事，是一種可悲又卑賤的存在，但如果因爲看穿他們而露出輕蔑或無視他們的舉動，就會招來橫禍，佯裝不知情仍會被他們算計。雖然他們的存在令人鄙視，令人想刻意忽略，但還是不能對他們大意。我原本以爲波洛涅斯打定主意要演朗讀劇，只是爲了可憐的女兒，所以甘願犯上，故意諷刺國王和王后，但昨晚我又仔細想了一遍，覺得應該沒有這麼單純。這些人的所作所爲，從頭到腳都充滿了心機，全是巧妙又卑劣的詐欺手法，所以我討厭這樣，但昨晚我終於懂了，懂了之後頓時一驚。這些人實在太可怕了，毫無信用可言。這世上果然是有惡人存在的啊！我長這麼大才總算發現這件事。不過，這種無趣的發現根本不值得誇耀。我太笨、太不受教了，到現在才爲這種眾所周知的事感到驚訝，眞是笨得可以，唉，傻成這樣，我也太誇張了。昨晚的朗讀劇一定也是叔父和波洛涅斯早就密謀好的，一定是這樣，如果是我看錯，我甘願把這對眼珠挖出來給妳。我不會再被騙了。叔父為了躲避我們疑惑的視線，於是找波洛涅斯商量，為了某個必須對我們隱瞞的目的，想出那種令人不快至極的點子。我被他們當成笨蛋耍了，完全隨著他們起舞。也就是說，叔父為了掩飾自己的陰謀，所以先下手為強，想了一個膚淺的技倆，就是命令波洛涅斯來慫恿我們演出那愚劣的朗讀劇，如果國王一副平心靜氣的樣子，我們就會感到失望，那個恐怖的疑慮自然會從心中消失，接著，城裡的人們也會有和我們一樣的感覺，一傳十十傳百，所有不祥的耳語將就此消滅。我不是在說瘋話，因為叔父和波洛涅斯原本就是一丘之貉。為什麼我沒早點注意到這麼顯而易見的事呢？他們也太不知分寸了，非得事事都欺騙我們不可嗎？我們將他們視為依靠，心生親近，但他們絕對不會向我們敞開心胸，只懷抱著無比的戒心，處處算計我們，太可悲了，這算什麼呢？就像兩個人事先講好，一個人演檢察官，另一個演被告，故意吵架給大家看，再挑個適當的時機宣布證據不足，被告就可以被無罪釋放。我和赫瑞修被當成檢察官，一臉嚴肅地參與了這場戲，還得意洋洋，以爲做了好事，這都會被後世當成笑柄吧！天啊！眞是無上的光榮！但他們的策略確實是成功的，赫瑞修就不停地說：「這下可以還國王陛下清白了，哈姆雷特王家萬萬歲！我們一時聽信傳言，還對國王陛下起了疑心，眞是羞恥，演了那麼失禮的朗讀劇，沒被罵就很好了。」他變得完全相信叔父，並且對自己的疑惑感到慚愧，我想城裡的人們應該也會因此重新尊敬叔父。人心眞不可靠啊！就像被風吹動的蘆葦，輕易地左倒右傾。連我也是，一演完朗讀劇，只想著都是因爲被波洛涅斯急得亂了套，對叔父太過意不去了，甚至想到國王的起居室道歉，但後來冷靜想一想，開什麼玩笑！我完完全全被騙了啊！一想通這件事，我嚇得全身汗毛直立。一定有什麼證據！那則不祥的謠言不是空穴來風！叔父和波洛涅斯都是一夥的，他們現在一定爲了防止事跡敗露而商量著。但我都已經看清了，我不會再被耍了。事情發展至此，我也不得不有所覺悟。他們是惡人，波洛涅斯明明從一開始就知道一切，卻故意對我們喊著他是站在正義與年輕人這邊等等的花言巧語，令我們隨之起舞，眞是漂亮的技倆。如果那種人也算正義的一方，那天國一定會擠得水洩不通，地獄則空無一人吧。哎呀，失敬，我太激動了，都忘記波洛涅斯是妳的父親。但我並不僅僅針對妳父親喔，對於叔父我也有同樣的想法，我是對這世上所有成人的行爲感到氣憤，這點希望妳不要誤會。哎呀，怎麼哭了呢？怎麼了？因爲仍舊沒見到父親，覺得不放心嗎？妳果然還是會擔心啊。沒事的，他一定正爲了國王陛下的某道密旨，忙得不可開交，雖然我也不知道是什麼樣的工作……不過，他一定不會有事的。

奧菲莉亞　我才沒在哭呢！是因爲有髒東西跑進眼睛裡，我已經用手帕擦掉了，你看，已經擦掉了，所以我沒哭啊，對吧？哈姆雷特殿下，您總是將您觀察到的我的情緒放大解讀，有時害我都忍不住失笑。像我恍惚地眺望著夕陽，覺得夕陽眞美的時候，您輕輕地將手放在我肩上，說：「我懂，很痛苦對吧？可是痛苦的人不只是妳，我也懂夕陽的悲哀，但還是要堅忍地活下去，就算是爲了我，妳也要繼續活下去。在這世上，動過『乾脆一死了之』這種念頭，卻又壓抑著而繼續活下去的人，有好幾萬，甚至幾十萬人那麼多啊！」您一臉嚴肅，好像我就要赴死一樣，令我覺得可笑。現在的我，並未遇到任何悲傷的事。因爲您的觀察力異常敏銳，常常只有您一個人大驚小怪，使我覺得很困擾。女人啊，不會總是想得那麼深入，我們活得糊里糊塗的。雖然從昨晚就沒見到父親，有點擔心，但是我相信，父親絕不是哈姆雷特殿下所說的那種惡人。您是個善變的人，今天說了那麼多他的壞話，明天一定又會改口褒獎他，因爲這樣，其實我很少把您說的話當眞。但是像剛才那樣，說了一大堆懷疑父親的恐怖話語，害我也忍不住想哭。父親是個很沒主見的人，容易激動、興奮。昨晚因爲身子的關係，我沒前去觀賞那齣朗讀劇，但我想，如果父親眞的說是爲了正義，那就一定是如此，絕對是因爲父親確實萌生了正義之心。父親是常對我們開玩笑，對我們撒點小謊，但絕不可能編出無法無天的謊言。因爲他是個認眞的人，這是他的潔癖，也因爲他是個責任感很強的人。我想昨天父親一定是因爲哈姆雷特殿下你們的熱情而感動不已，才會激動到沒頭沒腦地做了朗讀劇。請您要相信父親啊。

哈姆雷特　哎呀哎呀，今天到底是哪陣風吹動了這張紅唇？彷彿要從嘴裡吐出火來似的。眞是難得一見。如果每天都能這樣子，我會很滿足、很開心的。

奧菲莉亞　我這麼認眞，您卻不把我的話當一回事！我什麼都不想再講了。哈姆雷特殿下，我從今天開始，會把想到的事情原封不動地講出來，我以爲哈姆雷特殿下會誇獎我，因爲我說話總是呑呑吐吐，常常說到一半就停住，哈姆雷特殿下就會因此而心情不佳，說：「妳不能這麼不信賴我，因爲妳太在意彼此的愛情，說話才這麼結結巴巴的。」這樣對我說教。這兩個月來，我變得毫無自信，時常抽抽噎噎地哭著，即使有想講的話，也講不出來，只會嘆氣。以前我從不曾這樣，一有了令人痛苦的祕密之後，就變成完全沒用的人了。但今天王后陛下對我說了許多安慰的話，令我又恢復了元氣，身體狀況也彷彿和昨天大不相同，覺得舒暢許多。現在，我心中只有一個希望，就是能順利誕下哈姆雷特殿下的孩子，好好將他撫養成人。現在的我很幸福。怎麼說呢，我感到非常開心。以前那個總是少一根筋的奧菲莉亞，從今以後會變得更有自信，想到什麼都會勇敢地說出來。哈姆雷特殿下，恕我多嘴，您多少有點詭辯家的性格，因爲大家似乎都把您說的話當成是演戲的台詞看待，太不成熟了。恕我多嘴，您每天都是一副喝醉的樣子。恕我多嘴，您太自以爲是，太討人厭了，又總愛杞人憂天，不把自己當成悲劇的主角就覺得不過癮。恕我多嘴，那是因爲……本來就是這樣嘛！不管是國王陛下還是家父波洛涅斯，都絕不是哈姆雷特殿下口中那種惡劣、下賤的人。只有哈姆雷特殿下您一個人在鬧彆扭，所以才會害怕國王陛下、家父，甚至王后陛下。我的想法就是這樣。最近似乎有不好的謠言在城中流傳，但誰也沒有當眞啊！我家裡的乳母或侍女們都只是淡淡地說：「最近這種劇碼好像在國外很流行呢，劇情眞是精彩啊！」她們根本不覺得這事和丹麥王國的國王陛下或王后陛下有關。大家都眞心敬愛國王陛下和王后陛下，我覺得這樣就夠了，哈姆雷特殿下，現在王城裡因爲眞的起了疑心而深感痛苦的，大概只有你吧。但昨晚父親因爲萌生正義之心而演了朗讀劇，又是怎麼一回事？我一點也不明白。一定是因爲父親太激動了，他本來就是容易激動的人。我沒有評斷父親的資格，再說女孩子對大人們的所作所爲也評斷不出什麼結果來。雖然我不是很清楚整件事的來龍去脈，但我相信父親，也相信國王陛下，而王后陛下本來就是我相當尊敬的人。其實一點事也沒有，只有哈姆雷特殿下一個人說著計謀、城府、花言巧語等等，好像身邊全是惡人似的，搞得自己緊張兮兮，這太可笑了。恕我多嘴。因爲，您明明沒有任何敵人，卻自己幻想出敵人的影子，還時時叮囑自己不可大意，要當心被騙，這太過頭了。不管是國王陛下還是王后陛下，都如此深愛著哈姆雷特殿下，爲什麼您就是不懂呢？哈姆雷特殿下，沒有人是惡人啊。說不定您才是惡人。大家都過著平穩的生活，只有您說著滿口歪理去攻擊他們，讓他們痛苦，讓他們覺得這世上只有您的愛是最純粹、最無私的——

哈姆雷特　奧菲莉亞，等等！平時妳老是抽抽噎噎地哭，讓我很傷腦筋，但像這樣自信滿滿、氣燄高漲的樣子也嚇到我了。奧菲莉亞，妳今天是怎麼了？原來如此，妳一直是這樣看待我的嗎。眞令人遺憾啊。妳什麼都不懂。女人啊，就算對她們說得再多也沒用，她們是聽不懂的。我太天眞了。或許我眞是喝醉了吧。說我奇怪，像在演戲？算了，如果妳們覺得是這樣，那我也沒辦法。但是，我絕對沒有自以爲是，也不會因爲覺得只有自己的愛是純粹無私的，就胡亂攻擊他人讓他們痛苦，事實根本是相反的。我眞是個沒用的男人，太沒出息了。我也深以爲恥，慌亂得有如驚弓之鳥。就是因爲我深切明白自己的缺點與惡德，才會討厭自己，讓自己陷入動彈不得的絕境。我絕對不是詭辯家，而是現實主義者[18]，我能正確地解讀每一件事，不管是自己的愚蠢，或是見不得人的地方，我全部都知道。不僅如此，我對他人背地裡的想法非常敏感，嗅出他人祕密的速度非常之快，這是我的劣根性。有一句諺語說「同惡相契」，完全如此，我能這麼快發現別人的惡德，正是因爲自己也擁有同樣的惡德。當我自己在做不公不義的事時，對別人的不公不義也會很敏感。這種嗅覺不能說是優點，反而是羞恥所在，而很不幸的，我就擁有這種卑劣的嗅覺，而且這嗅覺從沒失誤過。奧菲莉亞，我是個不幸的孩子，妳不會懂的。我沒有任何偉大之處。我一事無成，又膽小如鼠，而且過於感情用事。像我這樣的人，到底該怎麼活下去呢？奧菲莉亞，我會說叔父、母親或是波洛涅斯的壞話，不是因為我輕蔑他們，我沒有那樣的資格。而是因為我恨他們。我總是被他們背叛，被他們捨棄，所以我恨他們。我打從心底信賴、尊敬他們，他們卻對我處處防備，以一副被迫觸摸噁心物品的表情，恐懼地對我苦笑。唉，他們明明是那麼上流的人，卻總是使出高明的手段背叛我。他們從來沒有對我敞開心胸過，倒也不曾吼過、打過我就是了。他們到底為什麼這麼討厭我？我始終愛著他們，非常、非常地愛，簡直愛到不行，愛到隨時都可以為他們犧牲性命。但他們卻總是避開我，在背後批評我，擺出一派優雅的樣子，嘆著氣說「真傷腦筋啊」或「就是個養尊處優的小少爺嘛」之類的話，這些我都知道。並不是我自己誤解或擅加揣測，而是我知道的都是正確的。奧菲莉亞，這樣妳多少懂了吧？如果連妳也加入那些大人的行列，對我說些看似忠告的話，會讓我覺得很沮喪。有哲學家說過：「若想體會孤獨的滋味，就去戀愛。」原來是眞的啊。唉，我只是渴望愛情，想要聽到樸實的愛的言語。但果然還是沒有人願意大喊：「哈姆雷特，我喜歡你！」

奧菲莉亞　奧菲莉亞這次不會輸給您了。哈姆雷特殿下，您的推託之詞眞的很高明呢！嘴上這樣說著，實際上卻是那樣，我說您太自溺，您反而說：「沒有其他男人的生存之道比我更悲慘。」如果您眞的那麼明白自己的缺點，只要自嘲就好，不用隨意攻擊別人，或乾脆沉默，努力把缺點改正過來就好了呀，只是自嘲是沒有意義的。恕我多嘴，您太在意別人看待自己的方式了，這眞的很令人困擾呢。哈姆雷特殿下，請您振作起來，想聽到愛的言語等等這種像女孩子撒嬌的話，請您從今以後都別再說了。大家都很愛您，只是您太貪心了。恕我多嘴，倘若人的心中眞的有愛，反而不會輕易將愛的言語露骨地說出來，大家都是這樣的。對自己心愛的人，會覺得自己越來越愛對方，就會有即使自己不說，對方也會懂的自信。但您卻把這僅存的自信也蹂躪殆盡，甚至不惜喊破嘴，也要高呼愛的言語。愛是一件令人害羞的事，被愛也是，所以就算彼此如何深愛對方，也無法輕易說出「我愛你」。如果硬要逼對方喊出這些，是很殘酷、很任性的。哈姆雷特殿下，就算您不相信我對您的愛情，還請您相信王后陛下對您的愛。王后陛下很可憐，她只有哈姆雷特殿下您一人可以依靠。今天在庭院裡，王后陛下握著我的手，哭得很慘呢。

哈姆雷特　眞意外啊。竟然會從妳的嘴裡聽到愛情的哲理。妳何時變得這麼博學的啊？夠了，別說了，淨說些歪理的女人，肯定會被男人拋棄的哦。保羅可是這麼說的：「我不許女人講道，也不許她轄管男人，只要沉靜。」他還說：「不過女人如果在自制中持守信仰、愛心、聖潔，就會在生養兒女中得以保全。[19]」意思就是別老是想著要教導別人而硬把男人的頭壓下去，只要安靜地，想著即將誕生的孩子的事就好。是好孩子的話就別再說那種奇怪的歪理囉！世界都變得黑暗了。要是我猜得沒錯，妳一定是被母親灌輸了奇怪的歪理，才得到這種莫名其妙的自信。因爲母親也算是個理論家吧，妳看，她現在不就正在承受保羅的處罰嗎？要是下次妳遇到母親，就這麼對她說：沒有言語的愛情，自古到今一個實例也沒有。如果覺得自己是因爲太深愛對方才無法把愛說出口，那只是極其頑固的任性在作祟。要把愛說出來是很令人害羞的事，對誰而言都是如此，但是，閉起眼睛無視那份羞恥，把心中如怒濤般洶湧的愛意喊出來，才是愛情的本質。如果保持沉默，到最後愛情只會變得淺薄，因爲這太利己主義[20]，太算計了，並且害怕承擔後續的責任，這樣也算愛情嗎？會覺得害羞而說不出口，是因爲只在乎自己，害怕跳進感情的怒濤。就算結巴也好，只有一個字也好，如果彼此存在著眞的愛情，便會不經意說出愛的言語，絕望的時候更是如此，鴿子和貓不也會鳴會叫嗎？沒有言語的愛情，即使搜遍古今中外也搜不出例子，妳就這麼告訴母親。愛是言語，如果沒有言語，這世上也就不會有愛情存在。如果以爲愛除了言語以外還有其他實體，那就大錯特錯了。《聖經》也這麼寫著：「道與神同在，道就是神[21]。生命在他裡頭，這生命就是人的光[22]。」眞想把《聖經》的這段文字拿給母親看看。

奧菲莉亞　不是的，這些絕對不是王后陛下教我說的，我只是努力將自己的想法全部傳達出來而已。哈姆雷特殿下，您剛才說的話眞令人恐懼。如果愛情除了言語之外別無他物，愛情也太空虛無聊了，還不如不要呢，因爲這只會讓世間變得更加複雜。無論如何我都無法認同哈姆雷特殿下所說的。神是存在的，神默默地愛著每一個人。神才不會大喊「我喜歡你」呢！而儘管如此，神還是愛著世間萬物的，不管是森林、花草、河流、女孩、成人，就連惡人也默默愛著。

哈姆雷特　妳在說什麼幼稚的話！妳信仰的是邪教的偶像，神是確實擁有言語的。妳想想，從一開始教導我們，使我們清楚明白神的存在的，是什麼呢？不就是言語嗎？不就是福音嗎？因爲基督——糟了，叔父帶著一大批侍從，氣沖沖地過來了。這間大廳今天要舉行什麼儀式嗎？我以爲平常很少用到這間大廳，很適合和奧菲莉亞密會，才會三不五時把奧菲莉亞叫到這裡來，沒想到出現這種意外之事，失算了。奧菲莉亞，妳快從那個門逃走，改天我再好好告訴妳這些道理，接下來還有很多事得教育妳呢。沒錯，就是那個門。眞是俐落啊！逃得像風一樣快。看來，戀愛能讓女人成爲特技演員呢。啊，這句說得好糟。

人物：國王、哈姆雷特、侍從多數

王　啊，哈姆雷特，已經開始了，戰爭已經開始了。雷爾提斯搭的船被摧毀了，消息才剛傳回來。他們經過卡特加特海峽時，挪威的軍艦毫無預警地出現，對我方開砲。那艘船是商船，完全無法與之抵抗，不過雷爾提斯很勇敢，他喝叱已經嚇得腿軟的船員，激勵他們，還親自拿槍站在上甲板，以有限的彈藥不停攻擊敵軍。但敵人的砲彈擊中我們的船桅，船帆馬上就猛烈燃燒起來，另一發擊中船腹，爆炸的聲音悶悶地在船中響起，船身劇烈搖晃，開始傾斜，船隻已經沒救了。這時雷爾提斯開始下令準備逃生船，四、五名船客先攀上逃生船，後來他又命令有妻子的船員先避難，自己則和五、六名無懼的年輕船員留在船上，一一拔劍等待敵兵來襲。即使只是一兵一卒接近我方的船，雷爾提斯都抱著赴死的覺悟，泰然自若的樣子彷彿海克力斯[23]，敵艦看到他的勇者之姿都不禁心生恐懼，只敢在我軍的帆船附近徘徊，等它自己被大火所吞噬。最後，雷爾提斯悲壯地和船隻一同犧牲了。眞令人不捨啊！他和他父親一樣，是名符其實的忠臣，不，是不負父親之名的傑出勇者！吾等必得報答雷爾提斯一片赤誠之心啊。如今正是丹麥奮起之時，和挪威長年失和，終於爆發了戰事。今天早上吾接到急報，便馬上有了決意。神是站在正義這一方的，若與之對戰，吾國丹麥必會勝利，從以前吾就一直等著這個機會。雷爾提斯的犧牲令人尊敬，吾會將他們父子……不，吾必會厚葬雷爾提斯，以慰他在天之靈，這是吾身爲國王的義務。

哈姆雷特　雷爾提斯啊，和我一樣才二十三歲，我的竹馬之友啊。雖然有些頑固，又愛生氣，叫我有時不知該怎麼跟他相處，但他是個好人。要是奧菲莉亞知道他的死訊一定會昏厥的，幸好她不在這。雷爾提斯是爲了將來能出人頭地，才出國留學增加見識，卻在途中遭遇突降的災難，而他也立即捨棄自己的野心，爲了守護丹麥王國的名譽，面無懼色地犧牲了自己！我輸了。雷爾提斯，你應該很討厭我吧。其實我也不是很喜歡你，發生奧菲莉亞的事之後我就更怕你了。我們從小就不斷競爭，算是棋逢敵手，臉上露出微笑，實際上卻是互相憎恨的。對我而言你是個絆腳石，但是，你果然是個了不起的傢伙啊！父親大人──

王　你第一次稱吾為父親呢！真不愧是丹麥國的王子，為了國家的命運而完全捨棄私情。今日，吾召集群臣來此大廳，就是因為待會兒有要事宣布。哈姆雷特，讓我們看看你英勇的將軍之姿吧！

哈姆雷特　不不不，我當個弱小的兵卒就可以了。我不如雷爾提斯啊。波洛涅斯還好嗎？他一定相當悲慟吧？

王　那是當然的，吾也打算好好安慰他一番。那麼王后呢？發生什麼事了？今天早上就沒見著她的人。吾已經派赫瑞修去找了，你有見到她嗎？今天的宣布式如果少了王后列席就不好了。這種時候，波洛涅斯不在果然十分不便啊。

哈姆雷特　那麼波洛涅斯呢？已經不在城裡了嗎？是不是出發去哪兒了？叔父，爲何您臉色變得這麼難看？

王　沒事。眼下是攸關丹麥王國興衰的重要時刻，不會因爲波洛涅斯個人的問題而受影響。是吧？吾就告訴你，波洛涅斯已經不在這個城裡了，因爲他是個不忠之臣。現在不是該告訴你詳情的時候，改天若有更好的時機，吾再毫不隱瞞地向你解釋。

哈姆雷特　應該是發生什麼事了吧？昨晚，到底發生什麼事了？叔父如此激動，應該不只是因爲戰爭。我也不自覺沉浸在雷爾提斯壯烈犧牲的情事裡，忘了身邊的紛爭。叔父說不定是想藉這次戰爭隱蔽自己的陰謀，說不定，這次——

王　你一個人在嘀咕什麼？哈姆雷特！你這個蠢蛋！大蠢蛋！不許再給我胡鬧了！戰爭不是玩笑，也不是兒戲，整個王國裡就只有你還一副置身事外的樣子！既然你如此懷疑吾，吾就回答你。哈姆雷特，城中流傳的謠言是事實。不、不是的，說吾毒殺先王並不是事實，吾只是曾經有一晚下過那樣的決心，但先王的確是因病猝逝。哈姆雷特，你還要懲罰吾嗎？一切都是因爲愛啊！但讓人悔恨的，也是愛。哈姆雷特，吾全部都說出來了，你還打算懲罰吾嗎？

哈姆雷特　這個問題就交給神吧。啊，父親大人！不，叔父，我不是在說你。我也曾有過屬於我的父親啊！可憐的父親大人。從骯髒的背叛者中，滿臉笑容，如替身般重生的父親大人。背叛者，就會像這樣！

王　啊！哈姆雷特，你瘋了嗎！竟然拔起短劍揮舞，趁我們還來不及反應時往自己的左頰削去。眞是個愚蠢的傢伙。血流滿地，眞是髒。這到底是在演哪齣戲呢？原本以爲他要刺吾，卻沒想到刀尖一轉，反而傷了自己的臉頰。這是自殺的練習嗎？還是新型的恐嚇？如果是奧菲莉亞的事，你根本就不用擔心啊，眞是個笨蛋。等你凱旋歸來，我一定會讓她陪在你身邊的。沒什麼好哭的，戰爭開始之後你也會是將帥之一，你這樣哭，會失去部下對你的信賴。啊，那個……血都流到上衣了。來人啊，把哈姆雷特帶下去治療。是聽到戰爭而發狂的嗎？眞是個沒出息的傢伙。啊，是赫瑞修啊，什麼事？

人物：赫瑞修、國王、哈姆雷特、侍從多數

赫瑞修　抱歉！臣一身狼狽，冒昧前來。啊啊，王后陛下她、她……那個庭園的小河裡——

王　她跳河了嗎？

赫瑞修　已經回天乏術了。王后陛下死意堅決，她身穿喪服，右手緊握著一個小小的銀十字架。

王　軟弱的傢伙。她應該是助吾一臂之力的人，卻在這種緊要關頭，做出這種自以爲是的蠢事。不是吾的錯！都是她自己太軟弱，太在意別人的想法。眞遺憾。啊啊！死的人太任性，吾不會死，吾要活著，完成吾的宿願。還有一個男人隱忍著他人的侮辱而活著。神一定會垂愛像吾這樣孤獨的男子。變強吧！克勞迪亞斯，忘記愛，忘記虛榮吧，爲了丹麥王國的名譽這張最偉大的旗幟而戰吧！哈姆雷特，在我心中，有一個男人比你還愛哭。

哈姆雷特　我不相信。我會一直懷疑到死去爲止。

1 坪內逍遙（1859－1935）：原名坪內雄藏，為日本劇作家、翻譯家、小說家、評論家，亦是首位將莎士比亞引介至日本的學者；一九一五年起致力於翻譯莎士比亞全集，七十歲時完成共達四十卷的《莎士比亞全集》。

2 浦口文治（1872－1944）：為日本著名英國文學學者。

3 克里斯提娜・羅賽蒂（Christina Rossetti，1830－1894）：為英國女詩人，其詩作《小妖魔市》（Goblin Market and Other Poems）久負盛名。

4 德文的 Lesedrama 即指英文的 closet drama，中文稱為案頭戲、書房戲或書齋劇，為只適宜放在案頭閱讀，不適合舞台演出，甚至根本無法演出的戲劇文本。此處按太宰治原文 Lesedrama 的寫法，特不譯為中文。

5 位於德國薩克森安哈特州維藤貝格縣的縣城，為十六世紀德國宗教改革的發源地。

6 意近「血濃於水，但情如紙薄」，指國王與哈姆雷特雖為叔姪，對彼此的情分卻不如叔姪般強烈。

7 雖然原文用的是 decadence 的外來語，譯文仍以中文翻譯。

8 傳說會化為豬的形體，鑽入人的股間奪取此人性命的怪物。

9 此為日文諺語，只有同類了解同類的意思。

10 坪內逍遙所譯的莎士比亞作品多古文用法，較為艱澀。此處太宰治直接引用坪內逍遙的譯文，來呈現莎翁原文 Do you doubt that? 的反差。

11 原文用 nihilist 的外來語。

12 長紫蘭 long purple(s) 的學名 Orchis mascula，衍自「男性」的拉丁字 masculus；其外觀酷似男性性器，故得名。

13 唐璜（Don Juan）是西班牙的傳說人物，據傳一表人才、風流多情，出現於文學作品裡時，常代表「情聖」。
14 日本習俗中迎接客人、神靈，或是進行婚禮、葬禮時都會用到的焚火。
15 在希臘神話中，銀蓮花是美少年阿多尼斯的血滲染大地之後長出來的。有希望消失或戀情無法結果之意。
16 日本傳說中一種住在海裡的巨大妖怪，面目醜陋，性格凶惡。
17 亦寫為「丑三時」，是凌晨三點至三點半人最熟睡的時刻，常被引用為幽靈容易出現的時刻。
18 realist 的日文片假名。
19 提摩太前書 2:15。此處選用較符合太宰治原文的《聖經．中文標準譯本》譯文。《聖經．現代標點和合本》的譯文則為：「女人若常存信心、愛心，又聖潔自守，就必在生產上得救。」
20 egoism 的日文片假名。
21 即約翰福音 1:1 的「the Word was with God, and the Word was God.」；the Word 專指福音書，亦是所謂的「道」，但哈姆雷特在此是指 word 的一般解釋「話語」。
22 約翰福音 1:4。
23 希臘神話中半人半神的英雄，又稱大力士。

越級申訴

駈込み訴え

庭上，我要申訴、我要申訴，那個人，太可惡、太可惡了，是的，是個討人厭的傢伙，是個惡人！啊啊，我再也不能讓他繼續活下去了。

是、是，我會冷靜地好好陳述。不能再讓那種人存在了，他是全世界的仇敵啊！是的，我會一五一十、仔細地陳述。我知道他的居所在哪，現在就可以帶您前往，請殺了他，將他碎屍萬段吧！那個人是我的老師，也是我的主，但其實我們同年，都是三十四歲。我只不過比那個人晚出生兩個月而已，應該不會有太大的輩分差異，人與人之間本來也就不該存在如此嚴重的差別待遇，然而及至目前，我不知受他惡意使喚了多少次，又被他嘲弄了多少回。啊啊，我再也、再也受不了了！在限度之內，我已經極力容忍，但要是該生氣的時候不生氣，就不配當人了。一直以來，我暗中給了他多少庇護啊！沒有人知道這件事，就連那個人自己也沒注意到……不，那個人其實是知道的，他很清楚，就是因爲他明確知道這點，才會故意輕蔑我。那個人實在太傲慢了。他是因爲受過我許多幫忙和照顧，才會對自己失望。那個人，簡直自戀到了極點，他覺得接受我的幫助是種奇恥大辱，總希望別人覺得他是萬能的，什麼事都能靠他自己一個人完成，眞是蠢話，世上才沒有這種事呢！爲了在這世間生存，誰不是處處對別人低聲下氣、哈腰鞠躬，再想盡辦法一步步踩在別人頭頂上過日子的呢？除此之外別無他法。那個人到底有什麼能耐？說穿了他什麼也不會。就我看來，他不過是個毛頭小子。要是沒有我，哼，那個人和他那幫愚鈍無能的門徒早就不知道倒斃在哪片荒原裡了。「狐狸有洞，天空的飛鳥有窩，人子卻沒有枕頭的地方[1]」——對、對，就是這句話。我不喜歡把話說得太明，但彼得能做什麼？雅各、約翰、安德烈、多馬只會亦步亦趨地跟在那個人的屁股後頭，說些噁心到聽了背脊都要發涼的馬屁話，盲目狂熱地相信什麼天國的愚蠢說法，簡直是一群白癡。如果天國眞的要近了，就憑那些傢伙也能當上天國的左大臣、右大臣[2]嗎！眞是一群笨蛋。那天大家潦倒到連麵包都沒得吃，要不是我四處奔走，大家早就餓死了。我讓那人上街宣教，再暗地裡煽動群眾掏錢奉獻，或硬向村子裡的有錢人討些供物。從安排旅途上的居所到添購日常衣食等等，我總是不厭其煩地一手包辦了，沒想到不只是那個人，就連他那群笨蛋門徒也從未對我道過一聲謝。沒道謝也就罷了，那個人甚至假裝不知道我平常付出的這些辛勞，老是說些誇張的大話，在我們只有五條麵包跟兩條魚可吃的時候，召集了大批群眾，說會把食物分給他們，淨出這些無理取鬧的難題給我。我私底下費了很大的工夫，四處奔走，才總算買齊了他要求的食物。說起來，我爲了幫那個人實現奇蹟，完成他那危險的魔術，已經當了無數次助手。別看我這樣，就以爲我是個吝嗇小氣、見不得別人好的男人。正好相反，我可是個無私的奉獻者啊！我還是覺得那個人相當美好。就我看來，他像個孩子一樣無欲無求。每當我爲了三餐拚命節省，好不容易存了一點錢，那些錢卻在轉眼間被花得一毛不剩，而且都是花在不該花的事物上。不過，即便如此，我也心無怨恨，因爲他是個美好的人。雖然我本來只是個貧窮的商人，但我能夠理解理想家的心思，所以就算那個人把我一點一滴辛苦存下的金錢全拿去做了蠢事，我也覺得無所謂。我是眞的覺得無所謂，但偶爾說句好聽的話安慰我也好啊，那個人卻老是心懷不軌地利用我、使喚我。某個春天，那個人在海邊散步時忽然叫了我的名字，說：「我也受了你不少照顧呢。我能了解你內心的寂寞，但你不能老是擺著一張臭臉吧。寂寞時就露出寂寞的神色可是僞善者的行爲，因爲你只是希望別人知道你寂寞，所以故意變了臉色讓別人看到。如果你眞心誠意地信神，那麼即使感到寂寞，也能像什麼事都沒發生似的整理儀容，把臉洗乾淨、在頭頂塗上油膏，然後露出微笑。你就是不懂呢。即使不將寂寞告訴別人，在某個我們看不見的地方，你至誠的天父也會知曉。這不就夠了嗎？不就是這麼回事嗎？因爲每個人都會寂寞的啊。」我聽了他這番話，不知爲何突然想放聲大哭。即使我的天父不能垂知，即使世人一概不知，但是，只要你懂得我的寂寞，那就夠了。因爲我愛著你啊。其他門徒總說自己深愛著你，但那都比不上我對你的愛。誰都比不上。彼得和雅各那些人之所以跟隨你，純粹是想從中撈些好處、沾一點光。不過這事只有我一人知道。我知道跟著你並不會得到任何好處，我明明知道，卻無法離開你。究竟是爲什麼呢？如果你不在這世上了，我也會馬上跟著死去，無法獨自存活下去。有件事我自己偷偷想了很久，就是你終於離那群不成材的門徒而去，也停止宣揚天父的教誨；你只是一介平民，和你母親瑪麗亞，還有我，我們三個一起生活，就這樣度過平靜的一生。我故鄉的村子裡還留有一間小房子，年邁的雙親就住在那兒，還有一片相當廣闊的桃花園。春天時，就是現在這個時節，桃花正盛開呢。我們，就這樣度過平靜安樂的一生吧。我會一直陪在你身旁，當你的家僕，幫你找一位溫柔體貼的太太。我把這想法說給那個人聽，他卻只輕笑了一聲，然後低聲地自言自語：「彼得和西門是漁夫，沒有美麗的桃花園。雅各和約翰也都是赤貧的漁夫。這些人都沒有能夠安度餘生的土地啊。」那個人說完之後便沉默不語，繼續在海邊散他的步。這是我和他唯一一次心平氣和地談話，那次之後，他再也不對我敞開心胸。我愛著那個人，如果他死了，我也會一起死。他不屬於任何人的，他只屬於我啊。若眞得把他交到其他人手上，那我會先殺了他。我拋下父母、捨棄故鄉，跟隨他至今啊。其實我不相信天國，不相信有神，也不相信那個人眞的會復活。爲什麼那樣的人可以當上以色列的王呢？他那群愚蠢的門徒都相信他就是神之子，而且每次聽他講授天國的福音時，也都裝模作樣地表現出一副歡欣雀躍的樣子。他們現在一定感到很失望，我能理解。「凡自高的，必降爲卑；自卑的，必升爲高[3]」——那個人就是這麼說的，但這世上哪有這麼單純的道理？那個人說謊。他說的每一字、每一句，從頭到尾都是鬼扯。我完全不信。但我相信那個人的美。啊啊，那個人是如此美好，世上絕無僅有啊。我純粹愛著那個人的美，僅止而已。我從不在乎什麼回報。我會跟隨他的腳步，並不是盤算著哪天天國近了，就能撈個左大臣或右大臣的官職來做。我從未有過這種卑劣的想法。我只是、只是不想離開那個人，只是、只是想陪在那個人的身邊，能聽到他的聲音、遙望他的身影就夠了。可以的話，希望他不用再宣教，只和我在一起，度過一生。啊啊啊，如果眞是這樣！我會多麼幸福啊！現在的我，就只相信此刻存在於現世的喜悅，來生的審判什麼的，我一點都不害怕。爲什麼那個人就是不願接受我如此不求回報、純粹的愛呢？啊啊，庭上，請殺了那個人吧。我知道那個人在哪，請讓我爲您帶路。那個人總是輕視我、憎惡我，我一直被他討厭。我可是爲了他、爲了那幫門徒每日的酒足飯飽而奔波勞碌啊，到底爲什麼總是這麼壞心對待我、輕蔑我呢？庭上，請聽我說。這是六天前才發生的事[4]。那個人到伯大尼的西門家中用餐時，村子裡有個叫馬大的傢伙，她妹妹馬利亞抱著一個盛滿哪噠香膏的石膏壺，偷偷跑進我們舉行饗宴的餐室之中，接著，突然把香膏往那個人頭上澆下去。他從頭到腳都淋濕了。她非但不道歉，還若無其事蹲下，用自己的頭髮仔細擦拭那個人的雙腳，香膏的香氣也瀰漫了整間餐室。這是何等詭異的光景！我冒起一股無名火，大聲斥責她：「不可以做這麼無禮的事！衣裳全被妳給弄濕了！妳打翻這個高貴的油膏，不覺得很浪費嗎！到底在搞什麼啊，妳這傢伙。這油膏都可以換三百得拿利[5]了。把這油膏賣得的三百得拿利拿去救濟窮人，那些窮人不知道會有多高興。妳如此浪費，讓我很困擾吶。」我嘮嘮叨叨訓了她一頓，那個人卻一直盯著我看，說：「不許責罵這位女子，因爲她做了一件非常高尚的事。你們以後還有很多、很多機會可以拿金錢賑濟貧窮人家，但我已經無法再施捨了，理由我暫不說明，只有這位女子知道。她將香膏淋在我的身上，是在爲我的葬禮做準備。接下來我所說的話，你們要謹記在心：無論你們在這世上的哪個地方宣揚我這短暫一生的事蹟，都務必講述今日這位女子的所作所爲，以茲紀念。」那個人說完之後，蒼白的臉頰泛起一絲羞紅。我不相信他這番話，我認爲這只是他虛張聲勢的演技。然而，儘管我大可把他的話當耳邊風，但那個人當時的聲音、眼神，卻讓我感到一種前所未有的異狀。我突然充滿了疑惑，於是又重新凝視那個人幽紅的臉頰、濕潤的眼眶，然後忽然靈光一閃。啊啊，眞是討厭，光是把這想法說出口都令我心有不甘。那個人，該不會是戀上那個庶民女子了……不，怎麼可能，絕對不可能。但是，不管怎麼說，他應該對她懷有類似的情感吧？那個人也有這種情感啊。要是他眞的對那種愚蠢無智的女子抱持特殊的愛意，那、那多麼失態啊！那可是件完全無法掩飾的大醜聞啊！對於察覺別人的恥辱這檔事，我很有天分，我自己也覺得這是種很見不得人的嗅覺，很討厭自己有這種天分，但因爲這敏銳的才能，我只要稍微瞄一眼，就能精準地看出別人的弱點。就算只有千萬分之一，但他確實對那個沒知識沒學問的庶民女子動了特別的情感，這點是不會錯的。我的眼睛不可能會看錯，確實如此。啊啊，我已經受不了了，再也無法忍耐了，連這種事都做得出來，他沒救了，簡直是醜惡至極。以往那個人不管受到女子多大的喜愛，始終都心如止水，絲毫不會動心。他年紀漸長，腦筋也不行了，不知檢點。如果說那個人是因爲年輕而無法自制，或許還說得過去，但他和我同年，甚至比我早出生兩個月，所以不能說他還年輕。反觀我呢？我卻能自制。我一心奉獻於他，至今從來沒有對任何女子動心過。馬利亞的姊姊馬大壯得跟牛一樣，生性暴躁，做事也粗手粗腳，除了勤快以外一無是處。她妹妹馬利亞就不同了，身形纖細，皮膚白得彷彿可以被看透似的，手腳柔美又小巧，還有一雙像湖水般澄透的明亮大眼，總是迷濛地望著遠方，彷彿她身處夢境之中。村民們都覺得她是難得一見、氣質高尚的姑娘，就連我也是這麼想的，還想過哪天出村時，偷偷買條白絲絹送她呢。唉呀，我已經搞不清楚了，我到底在說些什麼啊。對了，是因為我不甘心，不知為何，就是覺得不甘心，氣得想要跺腳。那個人算年輕的話，那我也是啊！我有才幹、有房子又有田地，算得上是個青年才俊，儘管如此，我還是為那個人捨棄了全部的特權，一心一意地追隨他。我卻被他騙了，那個人始終在說謊。庭上，那個人搶走了我的女人——不、不對！應該說是那個女人從我身邊搶走了他。唉呀，這麼說也不對。天啊，我講得七零八落的。庭上，十分抱歉，我忍不住說了毫無根據的話。請別相信我的話，一句也別相信。我已經搞不清楚了。其實根本沒有這麼膚淺的事，我卻不小心說出這麼醜陋的話。

但是，不知爲何，我還是不甘心，不甘心到想挖開自己的胸膛。啊啊，所謂的 jealousy[6]，眞是種難以抑制的惡德啊。我如此愛慕那個人，連性命都可以捨棄，一路跟隨他至今，他卻從未對我說過一句溫柔的話，反倒因爲低賤民女的所作所爲而羞紅了臉，拚命爲她辯護。啊啊，果然，是那個人不知檢點，衰老到腦子都壞了。我已經不再對他有所期待，他只是個凡夫俗子，死不足惜。我一思及此，便馬上興起一個恐怖的念頭。或許我是被惡魔給魅惑了吧。從那時開始，我就想親手殺死那個人，如果我不殺他，他也一定會被別人給殺死。反正那個人也常常散發出自己會被殺的氛圍，那就用我這雙手來殺死他吧，因爲我不希望他死在別人手裡啊。殺了他之後我也會死。庭上，我哭成這樣眞是可恥。是的，我不哭了。是、是，我會冷靜繼續說下去。就在發生那件事的隔天，我們終於朝崇高的耶路撒冷出發了。大批群眾不論老少，都跟隨著那人的腳步。接近耶路撒冷的王宮時，那個人見到路邊有一隻老邁的驢馬，便微笑著騎上牠。門徒們看到了都深感光榮，激動地說：「這和預言所說的『錫安之女哪，不要懼怕！妳的王騎著驢駒來了』[7]一模一樣啊！」唯有我一人悶悶不樂。那是多麼哀悽的姿態啊！我們期待已久的逾越節[8]，他卻騎著一頭驢子進耶路撒冷城，這是大衛之子[9]該有的模樣嗎？騎著這匹垂垂老矣的驢馬、毫無生氣地踏進王宮，就是那個人畢生所願的英姿嗎？除了憐憫，我已經沒有其他情感了，彷彿看了一齣愚蠢又慘不忍睹的鬧劇，心想，啊啊，那個人也墮落至此。他多活一日，膚淺醜態就在這世上多暴露一日。有花堪折直須折啊。不管我多麼惹人討厭，這世上最愛那個人的就是我，因此我做了這個艱難的決定，就算只是早一天也好，我一定要盡快殺掉那個人。後來跟隨他的群眾越聚越多，人數增了好幾倍，他們將身上紅藍黃等各種色彩的衣服都丟到那個人行經的道路，或是砍下棕櫚樹的枝葉，鋪在他行走的道路上，歡欣鼓舞地迎接他。他們有的走在前面，有的跟在後頭，從左、右，四面八方簇擁著那個人和驢馬，人潮如大浪般搖晃，狂熱地唱著：「和散那，歸於大衛的子孫！奉主名來的是應當稱頌的！高高在上和散那！」不管是彼得、約翰、巴多羅買，還是其他愚蠢的門徒，那群白癡彷彿覺得自己跟隨著一位凱旋歸來的將軍，或是突然發現天國近在眼前一樣，於是歡天喜地擁抱著彼此、泛著眼淚親吻著對方，就連一向冷靜的彼得在被約翰擁抱時也喜極而泣、放聲大哭，簡直快崩潰了。我見到這副光景，也不禁想起和這些門徒爲了宣教，一起度過的許多難關，想起那些含辛茹苦的日子，不禁也眼眶發熱。後來那個人進了王宮，下了驢馬，竟然拿起繩索揮舞鞭打，揮倒在宮殿內兌換銀錢的商人和賣鴿人的桌椅，又用那條繩索鞭打正要出售的牛羊，把牠們全部趕出宮殿。眞不知他在想什麼。接著，他用高昂尖銳的聲音對宮殿內的商人怒吼：「你們全給我出去！不許將我父親的宮殿當成你們做買賣的地方[11]！」那個人一向溫文儒雅，竟然會做出如同醉漢一般粗暴又令人不解的舉動，除了發瘋之外，我想不出其他可能。他身旁的人也都嚇了一跳，問他這是爲什麼，那個人氣喘吁吁地說：「你們拆毀這殿，我三日內要再建立起來[12]。」這種信口開河的大話，連那幫愚蠢的門徒都難以相信，個個瞠目結舌、無言以對。只有我知道。不管怎麼說，這就是那個人愛逞強的幼稚性格，他只是想要向世人展現憑藉著他的信仰，萬事都能達成的氣概而已。不過話說回來，揮舞著繩鞭追趕手無寸鐵的商人，嗯，這應該只能算是小家子氣的逞強吧。難道你竭盡所能地反抗，卻只能踢倒賣鴿人的桌椅而已嗎？我都忍不住想一邊偷笑一邊問他了。這個人果然沒救了，他自甘墮落，都忘了要自重自愛。大概是因爲，他突然察覺到只憑一己之力，是什麼事也做不了的，所以才在尚未露出太多破綻之前，故意做此舉動，好讓祭司長有理由逮捕他，想就此告別這個世界吧。當我想到這件事，我就覺得自己可以完全放下那個人，可以輕易嘲笑一直以來全心全意愛著這位做作大少爺的愚蠢自己了。接著，那個人又對聚集在宮殿前的大群民眾，高聲說了一長串目前為止最過分、最傲慢無禮的暴言。沒錯，他無疑是在作踐自己。我光是看著他的身影都嫌骯髒。他已經迫不及待要被殺了。「你們這假冒為善的文士和法利賽人有禍了！因為你們洗淨杯盤的外面，裡面卻盛滿了勒索和放蕩[13]。你們這假冒為善的文士和法利賽人有禍了！因為你們好像粉飾的墳墓，外面好看，裡面卻裝滿了死人的骨頭和一切的汙穢。你們也是如此，在人前，外面顯出公義來，裡面卻裝滿了假善和不法的事[14]。你們這些蛇類，毒蛇之種啊！怎能逃脫地獄的刑罰呢[15]？耶路撒冷啊，耶路撒冷啊！你常殺害先知，又用石頭打死那奉差遣到你這裡來的人。我多次願意聚集你的兒女，好像母雞把小雞聚集在翅膀底下，只是你們不願意[16]。」天啊！他在說什麼蠢話！我都快笑到噴飯了。就連現在要把這些話再說一遍，都令我覺得厭惡。眞是個會說大話的傢伙啊，那個人果然是發瘋了。還口無遮攔地說了一堆毫無根據、未經大腦的狂言，什麼這世上將會有饑荒、地震，星星從天空墜落、月亮不再光亮，滿地遍布死人的骨骸，還招來一堆啃食骨骸的兀鷹，眾人到時候都將咬牙切齒地哀泣等等[17]，自以爲是到令人難以置信。白癡，根本不知自己有幾兩重。他已經罪無可赦了，一定會被釘上十字架，一定會。

昨天，我從村裡的小販那裡聽說，祭司長和村裡的長老們偷偷聚集在大祭司該亞法[18]宅邸的中庭，決議要處死那個人。我還聽到他們說，如果在大批民眾面前逮捕那個人，可能會引起暴動，所以如果有人可以將那個人和門徒所在之處告訴差役，就可以得到三十塊錢[19]。已經沒有時間猶豫了，反正那個人無論如何都是要死的，與其讓其他人把他交給那些低賤的差役，不如我親自來做這件事。我對他的全心奉獻就到今天爲止，並以此做爲最後的告別，這是我應盡的義務。我要出賣他。我的立場相當艱難。有誰能夠理解我如此癡心的行徑呢？沒關係，就算沒有人能理解也無所謂。我的愛是純粹的，不是爲了讓人理解的，不是膚淺又低俗的。我將永遠被世人憎惡吧。儘管如此，在我渴求這純粹之愛的貪欲面前，不論是多重的刑罰、多嚴酷的地獄業火，都不是問題。我會貫徹我的生存之道，即使全身顫抖地做了這個決定。我暗中尋找合適的時機，終於決定在逾越節當天行動。我們兄弟十三人在山丘上的古老餐廳二樓一間陰暗的房間舉行宴會，當眾人一一就座，即將開始逾越節的晚餐時，那個人突然站起身來，默默脫去了上衣。我們都不知道他到底要做什麼，全都一臉疑惑地盯著他瞧，接著那個人拿起桌上的水甕，將裡頭的水倒進房間角落一個小小的臉盆，再拿出純白的手巾綁在自己的腰上，用臉盆裡的水一一幫門徒們洗腳[20]。門徒們不明就理，慌亂得不知所措，面面相覷。但我隱約能猜出那個人的想法。肯定是因爲他很寂寞，極度沒有自信，所以連這群頑冥不靈又愚蠢的門徒也想巴結。眞可憐啊。那個人已經知道自己在刼難逃了。看到這一幕時，我突然喉頭哽咽，想要馬上抱住那個人，跟他一起放聲大哭。噢，眞是可憐，我怎能讓你背罪！你一直都這麼溫柔，你一直都如此正直，你一向都是站在貧者這一邊的，所以你的美如光閃耀。我知道，你絕對是神的兒子。請原諒我，在我打算出賣你之後，這兩三天裡我一直在尋找機會，但現在我想放棄了，我怎麼會有想要出賣你如此無法無天的念頭呢？請您安心，現在即使有五百差役、千人兵馬到來，我也不會讓他們碰您一根手指頭。你現在已經被盯上了，危險！馬上就從這裡逃走吧！彼得、雅各、約翰你們來，大家都來啊，來保護我們溫柔的主！一生隨他而居！雖然沒說出來，但這些發自內心的愛的話語在我胸中沸騰。我被一種至今從未有過的崇高靈感給打動，炙熱的、愧疚的眼淚舒服地流過臉頰，然後，那個人也靜靜地、仔細地清洗著我的腳，再用他綁在腰間的那條手巾輕柔擦拭，啊啊，就是那時候的觸感，是的，就是那時候，我彷彿見到了天堂。在我之後他洗了腓力、安德烈的腳，接下來就換彼得了。但正直到近乎蠢笨的彼得，無法隱忍心中的疑惑，便有些不滿地質問那個人：「主啊，您爲何要洗我們的腳呢？」那個人用平穩的語氣回答：「啊啊，我所做的，你如今不明白，之後便會懂得。」說完便蹲在彼得的腳邊，準備替他洗腳，但彼得仍頑固地拒絕，說不必了、不能讓您洗我的腳，您永遠不能洗我的腳。那個人似乎也動了怒，稍微大聲了點說：「我若不洗你的腳，你與我就再也沒有任何瓜葛。」他說得如此強硬，彼得驚慌不已，便俯身低頭好聲請求：「啊啊，對不起！既然如此，不只是我的腳，就連我的手和我的頭也請您清洗吧！」[21]我忍俊不住，其他的門徒也偷偷露出微笑，陰暗的房間似乎變得明亮了一些。那個人也稍微露出了點笑容。「彼得啊，即使只洗了腳，你的全身也都會潔淨。啊啊，不只是你，雅各也是，約翰也是，大家都不再骯髒，變得十分潔淨了。只是……」他話說到一半，伸直了腰，那一瞬間他的眼神彷彿承受著極大的痛苦，是相當悲傷的眼神。他馬上又僵硬地閉上眼睛，說：「如果你們每個人都是潔淨的就好了。」[22]我突然想到了什麼。可惡，被他耍了！他在說我！那個人看穿了片刻以前我打算出賣他的陰暗心思。但、那是因為，那時的我和現在的我不一樣啊！我已經完完全全、徹頭徹尾地不同了！我也變得潔淨了，因為我的心意已經改變了。啊啊，但那個人還不知道這件事。他還不知道。「不對！不是這樣的！」我亟欲辯解，但我軟弱的自卑心卻令我緊張地吞了吞口水，於是就把那聲嘶吼也一起吞了回去。我說不出口，什麼也說不出口。經他這麼一說，我擅自思慮，乾脆就心虛承認自己果然是不潔的吧。我抬起頭看著他，看著看著，心中原本那點卑微的自省漸漸變得醜陋、陰闇，這股情緒驅使著我的五臟六腑，燃為熊熊怒火，差點要噴口而出。是啊，已經沒有用了，我已經沒用了，那個人打從心底厭惡著我。出賣他吧，出賣他吧，殺了那個人，然後我也會死。之前的決心又再次浮現在我眼前，現在的我，已經完全變成了一個復仇的惡魔。那個人似乎沒有看出我心中波濤洶湧的輾轉變化。他穿起上衣，整理儀容，緩緩地坐回座位，臉上蒼白沒有血色，滿臉憂容地說：「你們知道我為何要洗你們的腳嗎？你們稱我為主、稱我為師，這些是正確的。我是你們的主，也是你們的老師，即便如此，我還是洗了你們的腳，所以你們也該相親相愛，為彼此洗腳。或許我無法永遠與你們同在，所以今天趁這個機會示範給你們看，你們要照我所示範的那樣去做。師必尊於弟子，所以你們要牢記我的話[23]。」語畢，那個人便靜默地開始用餐，卻又忽然把臉伏在桌上，用感嘆呻吟的痛苦聲音說：「你們之中有人會出賣我。」門徒們全都嚇了一跳，挺直了上身，慌慌張張地站起來，圍到那個人的身邊，七嘴八舌地問：「主啊，是我嗎？主啊，你說的那人是我嗎？」眾人騷動。那個人面如槁木，輕輕地搖了搖頭，答道：「現在，我會拿起一塊麵包給那個人。那個人實在是個不幸的男人啊，沒被生下來的話還比較好，真的。」他的語氣意外地堅定，說完以後，就拿起一塊麵包，伸長了手，將麵包冷不防地塞進我的嘴裡[24]。然而如今的我已充滿了勇氣。比起麵包塞進口中的羞恥，我有著更多的憎恨，我恨他事到如今還抱有如此惡意。像這樣在門徒們面前公然羞辱我，是他一貫的手法。我和那傢伙之間的宿命就像火與水一樣，永遠無法相容。像餵小狗小貓一樣，把一口麵包屑塞到我口裡，難道那傢伙就只能這麼發洩嗎？哈哈，真是白癡。庭上，那傢伙對我說：「你所做的，快做吧[25]！」我就馬上跑出餐廳，在傍晚時分昏暗的道路上瘋狂奔跑[26]，剛剛才抵達這裡，便立刻提出申訴。那麼，庭上，請處罰那個人吧！怎麼樣都行，請懲罰他。最好是讓他全身赤裸，再拿棍棒把他活活打死。我已經、已經無法再忍受了！他真的是個很討人厭的傢伙！是個很過分的人啊！一直以來都欺負著我！哈哈哈哈，可惡。那個人此刻正在汲淪溪對岸的客西馬尼園[27]。二樓的餐會應該已經結束了，他會和門徒們一起去客西馬尼園，此刻正是將他當作祭品獻給上天的時機。除了門徒以外沒有別人會在，所以毫不費力就能逮捕那個人。啊啊，小鳥在啼叫了。眞吵。爲何今晚老是聽見小鳥夜啼的聲音呢？我在趕到這裡的途中穿過了森林，那兒也是如此，小鳥也是這樣嘰嘰喳喳叫個不停。小鳥在夜間啼叫是相當罕見的事，所以我像個孩子一樣非常好奇，想看看那到底是哪一種鳥。我站在那兒，抬起頭，在樹林間的枝梢看見了……啊啊，我在說些什麼無聊事呢。庭上，非常抱歉。庭上，都準備好了嗎？啊啊，眞令人期待。心情眞好。對我來說，今晚也是最後一晚了。庭上、庭上，今晚我將與那人並肩而立，那場面請您好好看個仔細。今晚我會堂堂地與那個人並肩而立，因爲我已經不懼怕他，也不覺得比他卑微了，我跟那個人同年，我們一樣有年輕的優勢。啊啊，小鳥的叫聲眞吵，聽在耳朵裡眞是煩死了。爲什麼小鳥如此躁動不安呢？嘰嘰喳喳的，在吵什麼呢？咦，那筆錢是……是要給我的嗎？是要給我的三十塊錢嗎？原來如此，哈哈哈哈，不，請恕我拒絕。趁我還沒被打之前，您將錢拿回去吧。我不是爲了錢才提出申訴的。叫你拿回去！好吧，十分抱歉，那我就收下了。是啊，因爲我本來就是個商人嘛，我是看在錢的份上，才忍受高尙優雅的那個人長期對我的輕蔑。那麼我就收下了，反正我是個商人，理當用被他所看輕的金錢進行復仇。這是最適合我的復仇手段了。您瞧瞧！才三十塊錢[28]，就能出賣那個人。我不會掉一滴眼淚，因爲我不愛那個人，從一開始就完全沒愛過。是的，庭上，我說了一大堆謊。我是因爲錢才跟隨那個人的，喔喔，沒錯，就是這樣。因爲他一直擋我財路嘛。今晚，我終於看清事實了，所以這只不過是身爲商人的我迅捷的反擊。錢，世上只有錢重要。三十塊錢，太棒了！我就收下了。因爲我是個吝嗇的商人，這點錢我想要得不得了。是的，非常感謝您。是的，是的，謝謝您聆聽我的申訴。我是個商人，叫猶大，嘿嘿，我是加略人猶大。

1 馬太福音 8:20：意爲天上與地上的動物都有棲息之所，遵奉神旨的耶穌卻犧牲了能安靜休息的家。

2 日本律令制中，管理一般國政的太政官位階最高，設有太政大臣與左、右大臣三職；左大臣主要輔佐太政大臣，而右大臣主要輔佐左大臣。同樣也象徵《聖經》對左右的概念，如「耶穌說：你要什麼呢？他說：願你叫我這兩個兒子在你國裡，一個坐在你右邊，一個坐在你左邊。」（馬太福音 20:21）。

3 馬太福音 23:12。

4 以下敘述典出馬太福音 26:6－13：「耶穌在伯大尼長大痲瘋的西門家裡，有一個女人拿著一玉瓶極貴的香膏來，趁耶穌坐席的時候，澆在他的頭上。門徒看見就很不喜悅，說：『何用這樣的枉費呢？這香膏可以賣許多錢賙濟窮人。』耶穌看出他們的意思，就說：『爲什麼難爲這女人呢？她在我身上做的是一件美事。因爲常有窮人和你們同在，只是你們不常有我。她將這香膏澆在我身上，是爲我安葬做的。我實在告訴你們：普天之下，無論在什麼地方傳這福音，也要述說這女人所行的，做個記念。』」

5 爲古羅馬使用的幣制：「一得拿利」（one denarius）爲當時工人一天的工錢，「三百得拿利」（300 denarii）即是三百天的工錢，也就是約翰福音 12:5 中的「三十兩銀子」。此處特依太宰治原文直譯。

6 指嫉妒。此處按太宰治原文ジェラシィ（jealousy）的日文片假名的寫法，特不譯爲中文。

7 約翰福音 12:14－15：「耶穌得了一個驢駒，就騎上，如經上所記的說：『錫安的民哪，不要懼怕！你的王騎著驢駒來了。』」在《聖經》原文與太宰治原作中，「錫安的民」皆寫爲「錫安之女」，故文中按原典譯出。文中的「預言」乃指撒迦利亞書 9:9：「錫安的民哪，應當大大喜樂！耶路撒冷的民哪，應當歡呼！看哪，你的王來到你這裡，他是公義的，並且施行拯救，謙謙和和地騎著驢，就是騎著驢的駒子。」
8 紀念猶太民族獲得拯救，脫離埃及、不再為奴的節日。
9 據《聖經》所載，耶穌是大衛（以色列第二任國王）的後裔，常被稱「大衛之子」。此頭銜除了表現耶穌貴為皇族的身分，亦指耶穌和大衛最具智慧的後代所羅門有許多相近之處。
10 以下敘述典出馬太福音 21:8-9：「眾人多半把衣服鋪在路上，還有人砍下樹枝來鋪在路上。前行後隨的眾人喊著說：『和散那歸於大衛的子孫！奉主名來的是應當稱頌的！高高在上和散那！』」「和散那」原有求救之意，在此乃稱頌的話。
11 典出馬太福音 21:12–13：「耶穌進了神的殿，趕出殿裡一切做買賣的人，推倒兌換銀錢之人的桌子和賣鴿子之人的凳子，對他們說：『經上記著說：「我的殿必稱為禱告的殿」，你們倒使它成為賊窩了！』」約翰福音 2:13–16 亦寫道：「猶太人的逾越節近了，耶穌就上耶路撒冷去。看見殿裡有賣牛、羊、鴿子的，並有兌換銀錢的人坐在那裡，耶穌就拿繩子做成鞭子，把牛羊都趕出殿去，倒出兌換銀錢之人的銀錢，推翻他們的桌子，又對賣鴿子的說：『把這些東西拿去，不要將我父的殿當做買賣的地方！』」《聖經》稱此舉為潔淨聖殿。
12 約翰福音 2:19。
13 馬太福音 23:25。
14 馬太福音 23:27–28。
15 馬太福音 23:33。
16 馬太福音 23:37。
17 典出馬太福音 24:28–30：「屍首在哪裡，鷹也必聚在那裡。那些日子的災難一過去，『日頭就變黑了，月亮也不放光，眾星要從天上墜落，天勢都要震動。』那時，人子的兆頭要顯在天上，地上的萬族都要哀哭。」

18 據《聖經》所載，該亞法是羅馬人指派的猶太大祭司，曾條列耶穌多項罪行，向參議院遞交處決耶穌的申辯書。

19 《現代標點和合本（CUVMP Traditional）》馬太福音 26:15：「『我把他交給你們，你們願意給我多少錢？』他們就給了他三十塊錢。」有牧師解釋前段馬利亞澆的香膏價值三百得拿利，等同於猶大賣主的三十塊錢，也有牧師解釋猶大賣主的三十塊錢只有香膏價值的三分之一。太宰治原文為「銀三十」，為避免幣制混亂，這裡取用現代標點和合本的翻譯「三十塊錢」。

20 典出約翰福音 13:1–5：「逾越節以前，耶穌知道自己離世歸父的時候到了。他既然愛世間屬自己的人，就愛他們到底。吃晚飯的時候——魔鬼已將賣耶穌的意思放在西門的兒子加略人猶大心裡。耶穌知道父已將萬有交在他手裡，且知道自己是從神出來的，又要歸到神那裡去，就離席站起來，脫了衣服，拿一條手巾束腰。隨後把水倒在盆裡，就洗門徒的腳，並用自己所束的手巾擦乾。」

21 典出約翰福音 13:6–9：「挨到西門彼得，彼得對他說：『主啊，你洗我的腳嗎？』耶穌回答說：『我所做的，你如今不知道，後來必明白。』彼得說：『你永不可洗我的腳！』耶穌說：『我若不洗你，你就與我無份了。』西門彼得說：『主啊，不但我的腳，連手和頭也要洗！』」

22 典出約翰福音 13:10–11：「耶穌說：『凡洗過澡的人，只要把腳一洗，全身就乾淨了。你們是乾淨的，然而不都是乾淨的。』耶穌原知道要賣他的是誰，所以說『你們不都是乾淨的』。」

23 典出約翰福音 13:12–17 ：「耶穌洗完了他們的腳，就穿上衣服，又坐下，對他們說：『我向你們所做的，你們明白嗎？你們稱呼我夫子，稱呼我主，你們說得不錯，我本來是。我是你們的主、你們的夫子，尚且洗你們的腳，你們也當彼此洗腳。我給你們做了榜樣，叫你們照著我向你們所做的去做。我實實在在地告訴你們：僕人不能大於主人，差人也不能大於差他的人。你們既知道這事，若是去行就有福了。』」

24 典出約翰福音 13:21–26 ：「耶穌說了這話，心裡憂愁，就明說：『我實實在在地告訴你們：你們中間有一個人要賣我了。』門徒彼此對看，猜不透所說的是誰。有一個門徒，是耶穌所愛的，側身挨近耶穌的懷裡。西門彼得點頭對他說：『你告訴我們主是指著誰說的。』那門徒便就勢靠著耶穌的胸膛，問他說：『主啊，是誰呢？』耶穌回答說：『我蘸一點餅給誰，就是誰。』耶穌就蘸了一點餅，遞給加略人西門的兒子猶大。」

25 典出約翰福音 13:27 ：「他吃了以後，撒旦就入了他的心。耶穌便對他說：『你所做的，快做吧！』」

26 典出約翰福音 13:30 ：「猶大受了那點餅，立刻就出去。那時候是夜間了。」

27 典出約翰福音 18:1–2 ：「耶穌說了這話，就同門徒出去，過了汲淪溪。在那裡有一個園子，他和門徒進去了。賣耶穌的猶大也知道那地方，因爲耶穌和門徒屢次上那裡去聚集。」汲淪溪（Kidron）是耶路撒冷城外的一條小河，在耶路撒冷與橄欖山之間，而客西馬尼園（Gethsemane）位於橄欖山的山腳，是耶穌與門徒經常聚會、禱告的果園。耶穌和門徒用完最後的晚餐後，來到此地禱告，隨後即被猶大出賣。

28 馬太福音 26:14–15 提及猶大去見祭司長，並以三十塊錢做爲出賣耶穌的代價，27:3 則提到猶大見耶穌被定罪而感到後悔，於是將那三十塊錢還給祭司長和長老。

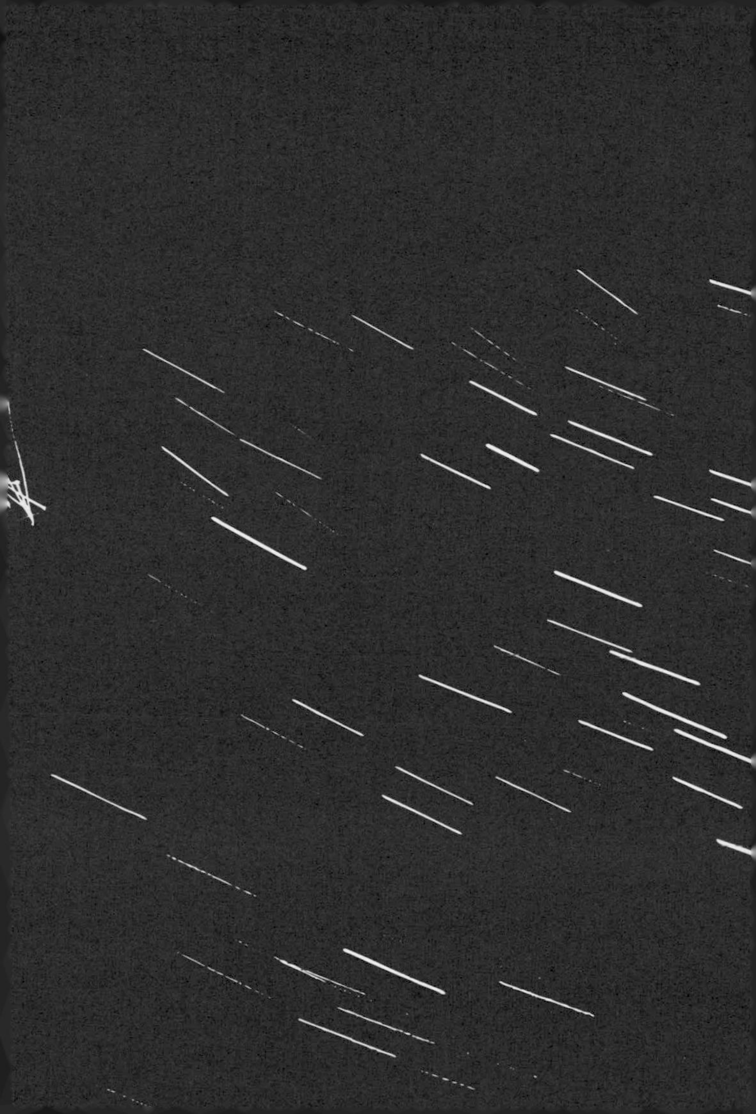

跑吧，美洛斯

走れメロス

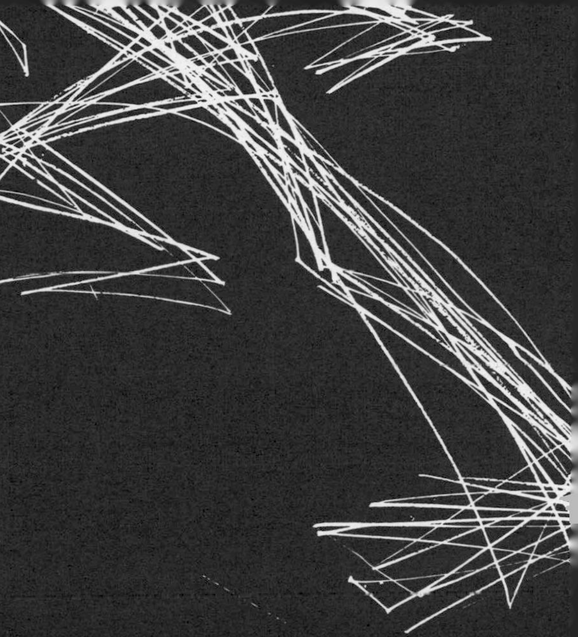

美洛斯被激怒了。他下定決心，非把這個邪佞暴虐的王除掉不可。美洛斯不關心政事，只是村子裡的一位牧人，每日吹笛牧羊。但他對於邪惡之事，有比常人多一倍的敏感。今早天色未明，美洛斯就已經從村子出發，橫越平野、跨過山巔，來到十里之外的這個錫拉庫斯[1]市。他沒有雙親，也沒有娶妻，只與一位今年十六歲、相當害羞怕生的妹妹相依爲命。妹妹已經和村裡一位正直老實的牧人訂下婚約，也即將舉行婚禮。美洛斯就是爲了準備妹妹的嫁衣以及婚宴食材等瑣事，才不遠千里來到市裡。他先把所需物品都採買齊全，然後在城裡的大街上閒晃。美洛斯有位竹馬之友，名叫賽里努提斯，是這錫拉庫斯市裡的一名石匠。美洛斯打算接下來去拜訪這名好友。與好友許久不見的美洛斯十分期待這次的會面。他走著走著，覺得街道的氣氛有些詭異。靜悄悄的。雖然已經日落了，街道變得昏暗也是理所當然，但他總覺得整座城市一片死寂，似乎不只是夜晚來臨的緣故。兩年前美洛斯來到此地，夜裡仍處處燈火通明、熱鬧喧囂啊。即使是一向穩重的美洛斯，此時也隱約感到不安。美洛斯抓住路上一位年輕人，問他發生了什麼事，對方搖頭不答。再走了一會兒，美洛斯遇見一位老翁。這回他用更強硬的語氣質問這位老翁，但老翁也不回答，還是美洛斯抓著老翁的身體搖晃、反覆質問他，老翁才終於低聲回答了幾句，彷彿害怕旁人聽見似的。

「國王，殺了人。」

「他為什麼殺人？」

「聽說是因為那些人對國王抱有二心，但其實誰也沒有那麼想啊。」

「殺了很多人嗎？」

「是的，一開始是國王的妹婿，接著是國王親生的世子，再來是國王的妹妹，然後是國王妹妹的兒子，再來是皇后，最後連賢臣阿雷基斯大人也被殺了。」

「太驚人了。國王是喪心病狂了嗎？」

「不，國王並不是喪心病狂，而是無法信任別人。最近他開始懷疑臣下之心，只要有哪位臣子稍微過得奢侈一點，國王便命他一一交出家宅裡的人當人質。如果反抗命令，國王就把那人釘在十字架上殺死。今天已經有六個人被殺了。」

美洛斯聞言憤怒非常，說：「真是個不可理喻的王。不能再讓他活下去！」

美洛斯是個十分單純的男子。他就這樣揹著買好的物品，緩緩地潛近城堡，但很快就被巡邏的侍衛給逮到。美洛斯藏在懷裡的短劍被搜了出來，引起一陣大騷動。美洛斯被押到國王面前。

「你帶著這把短刀有何居心？說！」暴君迪奧尼斯用平靜但威嚴的語氣質問美洛斯。他的臉色蒼白，皺紋深深刻進眉間。

「爲了將這座城市從暴君的手中解救出來。」美洛斯面無懼色地答道。

「就憑你？」國王冷笑著。「眞是無可救藥的傢伙。你是不能理解本王的孤獨的。」

「夠了！」美洛斯憤然起身。「懷疑人心是最爲恥辱的惡德！難道國王是憑藉懷疑人民的忠誠而立的嗎！」

「疑心是正當的心理，教導本王這個道理的，就是你們這些人民。人心充滿謬誤，而人，就只是私慾的集合體罷了，毫不可信。」暴君一字一句沉穩地說著，再嘆了口氣。「本王也是盼望著和平的啊。」

「你盼望的是怎樣的和平？能夠維護自己地位的和平嗎？」這次換美洛斯發出嘲笑。「濫殺無辜，這算什麼和平！」

「閉嘴，賤民！」國王倏地抬頭大喊。「人的嘴巴啊，多麼冠冕堂皇的話都說得出來。對本王而言，人心本就深不可測。就拿你來說吧，要是待會兒對你施以凌遲之刑，想必你也會哭著向本王道歉的。」

「啊啊，國王眞是賢明。就當是我太自戀吧，我已經做好赴死的覺悟了，絕不會乞求你留我性命。只是……」美洛斯的視線落至腳邊，躊躇支吾了起來。「只是，若你還想賣我恩情，請在處刑前給我三天的寬限日。我想親手將唯一的妹妹託付給妹婿。三日之內，我將回到村裡舉行婚禮，結束之後必定會返回這裡。」

「愚蠢。」暴君用乾癟的嗓音低聲笑著。「別說這種離譜的謊話。逃走的小鳥怎麼可能再飛回來呢？」

「正好相反。我一定會回來的。」美洛斯堅決地斷言。「我必會遵守約定，請給我這三天的期限，因爲妹妹還在等著我回家。如果您眞的如此不信任我，那好，本市有位名叫賽里努提斯的石匠，他是我最要好的朋友，就將他做為人質吧。如果我逃走了，在三天後的日落之前沒有回到這裡，就請絞殺我的摯友吧。拜託您，請答應我的請求。」

抱有殘虐之心的國王聽完這番話後陰陰竊笑。他說的話還眞是天眞啊！反正他是一定不會回來的，我就假裝被他的謊言所騙好了，放走他還挺有趣的，等到三天後再殺掉那個代罪羔羊也算過癮。到時我就裝出一副悲傷的表情說，所以嘛，人是不能相信的，再將那名男子處以磔刑，順便讓世間那些自稱正直的傢伙們瞧瞧。

迪奧尼斯說：「你的願望我知道了，那就召喚那名做為人質的男子吧。你必定要在三天後的日落之前回到這裡，若是稍有延遲，我絕對會殺了那個人質。你就晚一點來吧！反正我會永遠寬恕你的罪。」

「您、您說什麼？」

「是啊，若你認為生命可貴，那就晚一點到吧。我能體諒你的心啊。」

美洛斯不發一語，氣得直跺腳。他已經氣得不想再說話了。

當日深夜，美洛斯的竹馬之友賽里努提斯便被召進王城。在暴君迪奧尼斯的面前，闊別兩年的兩人重逢了。美洛斯將事情的來龍去脈告訴好友，賽里努提斯沒說一句話，點點頭後便抱住美洛斯。朋友之情無以言表。賽里努提斯全身被繩索綁住，美洛斯立刻出發了。初夏的夜空星光滿天。

這晚，美洛斯未曾闔眼，連趕十里路回到村子。到了早上，太陽已經高高昇起，村民們都走到村外的草原開始工作了，美洛斯那十六歲的妹妹也正替哥哥照顧著羊群。她見到疲憊不堪的哥哥踉蹌走來時嚇了一跳，拚命追問哥哥怎麼回事。

「沒什麼。」美洛斯勉強擠出笑容。「我在市裡還有點事要辦，得盡快趕回去，所以明天就舉行妳的婚禮吧！早點辦辦也好。」

妹妹害羞得紅了臉頰。

「我還幫妳買了漂亮的衣服呢，高不高興？走吧，我們這就去通知村子裡的大家，婚禮就是明天了。」

美洛斯又踏出蹣跚的步伐，先是回到家裡布置供奉許多神祇的祭壇，再備好婚宴的酒席，然後便倒在床上，彷彿失去呼吸似的陷入深深的睡眠。

等到美洛斯醒來，已經是晚上了。他起身後馬上前往妹婿的家裡拜訪，說明因爲某些不得已的原由，請求他們將婚禮提前到明天。即將成爲美洛斯妹婿的牧人大吃一驚，急忙答道：「那可不行，我們這邊什麼都還沒準備好，請等到葡萄熟成的季節再舉行。」美洛斯於是用更強硬的語氣說：「我沒辦法等了，明天一定要辦！」但是這位妹婿牧人也相當頑固，說了半天就是不願將婚禮提前。兩人的爭辯一直持續到天都亮了，妹婿的態度才總算軟化下來，最後終於被說服了。

婚禮就在正午舉行，新郎新娘對著神祇宣誓完畢的那一刻，天空突然布滿烏雲，滴滴答答落下雨珠，最後變成滂沱傾洩的大雨。出席婚宴的村民們雖然心中都有些不祥之感，但還是重振精神，在美洛斯狹小的家中耐著悶熱，拍手唱歌。沉浸在喜慶氣氛中的美洛斯也露出滿臉悅色，暫時忘卻了與國王的約定。入夜後杯盤狼藉，賓客們也不在乎屋外的豪雨了。美洛斯心想，眞希望就這樣一輩子待在這裡啊。雖然美洛斯的心願是與這對新人一起生活下去，度過一生，但此時此刻，他的身體卻不屬於自己——至少並不完全屬於。美洛斯痛定思痛，下定決心再出發。不過，他又覺得到明天日落之前，還有非常充裕的時間，他可以先睡一下，醒來後立刻動身。此時，外頭的雨勢也漸漸小了。「眞想永遠待在這個家裡，就這樣悠哉過日啊。」即便像美洛斯這般的男子，也是會捨不得離家的。

美洛斯走到因爲歡慶氣氛而幾近喝醉的妹妹身邊，說：

「恭喜妳了。抱歉，我太疲累，想先去睡了。我醒來後就會馬上出發回到市裡，因爲還有很重要的事要辦。今後就算哥哥不在了，妳也不會感到寂寞，因爲妳還有這麼一位溫柔、善良的丈夫。妳也知道，哥哥生平最討厭的，就是懷疑別人和說謊這兩件事，所以妳和丈夫之間，不論是多小的祕密都不能有。我想對妳說的就只有這些了。妳哥哥也算是個偉大的男人，妳要爲此感到自豪。」

妹妹恍惚地點了點頭。接著，美洛斯拍拍妹婿的肩膀，說：

「你說你家什麼也沒準備，其實我家也是，彼此彼此。在我家裡，能稱得上寶物的，就只有我這唯一的妹妹和羊群了，除此之外我一無所有，現在全都交給你。還有一件事，請你以身爲美洛斯的弟弟爲傲吧。」

妹婿害羞地搓著手。隨後，美洛斯向參加婚宴的村民解釋情由，便先離席了。他鑽進羊舍，像死去般沉沉地睡著。

美洛斯再醒來時，已經是隔日早上，天都微微亮了。美洛斯從床上跳起來——南無三[2]！我睡過頭了嗎？不不不，還來得及，現在馬上出發的話，還趕得及在和國王約定的期限前抵達。今天，就是今天，無論如何，都要讓那個國王親眼見證信守承諾的人是眞實存在的，然後我就可以笑著登上磔台。美洛斯慢條斯理地換裝，開始準備行囊，外頭的雨勢也似乎變小了些。美洛斯整理好行囊，接著便奮力揮動雙臂，在雨中如箭矢般狂奔。

「今晚，我就會被殺。我是爲了被殺而跑，爲了解救身爲人質的好友而跑，爲了破除國王的邪惡奸佞而跑。我不能不跑。然後，我會被殺。永別了！故鄉！請爲我守住好不容易建立起來的名譽吧！」年輕的美洛斯很痛苦，途中數度停下腳步，就一邊大喊「喝！喝！」鞭策自己一邊奔跑。他跑出村子，橫過原野、穿過森林，在抵達鄰村時雨也停了，太陽高高昇起，天氣慢慢變熱了。美洛斯握著拳頭拭去額頭上的汗：「來到這裡就沒問題了。我對故鄉已不再有不捨之情，妹妹和妹婿一定會成爲一對幸福的夫婦。已經沒什麼好讓我掛心了，只要這樣筆直地朝王宮前進就好。沒必要這樣急急忙忙的，我就慢慢走吧。」美洛斯恢復沉穩的本性，慢慢地走著，還一面用優美的歌聲輕聲唱起自己喜歡的歌曲。他就這樣悠悠地走了兩三里路，在快要到達全程的一半時，卻被突如其來的災難困住了腳步。他望向眼前的河川。昨天的豪雨使得山上的水源地氾濫，濁流滔滔而下，猛然的水勢沖斷了橋，轟隆作響的急流翻攪著木葉、灰塵，沖過了橋墩。美洛斯呆立著，茫然地看著這一切。他來回眺望河面，竭盡全力大喊，但岸邊的繫舟全都被沖進浪裡，更不見船夫的身影。激流漸增，往河岸上漫去，彷彿成了一片汪洋。美洛斯蹲在岸邊，流下了男兒淚。他哀愁地舉起雙手向宙斯[3]祈求：「神啊！請鎮住這狂亂的急流！時間分秒流過，太陽高掛，現在已是正午時刻了。若我無法趕在日落之前抵達王宮，我的好友就會因我而死啊！」

滾滾濁流像在訕笑美洛斯的呼喊一般，變得更加湍急。狂浪吞噬、翻捲，掮起另一波狂浪，而時間正一分一秒地流逝。除了游過急流以外別無他法。美洛斯終於有了覺悟。「眾神啊！請祢們也看著吧！愛與誠信的偉大力量是不會輸給湍急濁流的，現在我就發揮這個力量給祢們看看！」美洛斯撲通一聲跳進急流之中，展開拚死的搏鬥。狂浪彷彿百條大蛇拍打著他的身體，他將全身的力量集中在雙手，拚命地划啊划啊，奮力划開要將他捲進漩渦的惡水。神見到如此鹵莽奮戰的子民，也不禁垂憐。美洛斯雖然不斷受巨浪沖擊，但終究還是順利抓住對岸的樹幹。眞是謝天謝地。美洛斯用力打了個冷顫，抖動身體的模樣簡直就像匹馬，接著又急忙趕路。不能浪費一分一秒，太陽已經西斜了。他喘著大氣爬啊爬，好不容易爬上半山腰時，眼前忽然躍出一票山賊。

「站住！」

「你們要做什麼？我必須趕在日落前抵達王宮，放開我。」

「哼，才不放你！把你身上的東西全部交出來。」

「要命一條，別無其他了。就連我這條小命也是僥倖從國王手中拿來的。」

「那麼，我們就取你的命。」

「看來你們是奉了國王的命令，在這兒埋伏等我出現的吧。」

山賊們二話不說，一齊舉起棍棒揮舞。美洛斯嘿的一聲彎下腰來，如飛鳥般往身旁的一人襲去，奪下山賊的棍棒。

「爲了正義，冒犯了！」美洛斯說完便展開攻擊，一瞬間擊倒了三人，並趁其他山賊嚇得不敢動彈之際，倏地跑下了山腰。美洛斯一口氣跑下山，但實在是太過疲累，加上午後的陽光毒辣灼熱，他數度感到暈眩。「這樣下去不行！」美洛斯重振精神，又蹣跚走了兩三步，終於體力不支，忽地雙腳一軟跪地，累得站不起身了。他仰天悔泣：「啊啊、啊，游過濁溪，又努力擊退三名山賊的韋馱天[4]，突破重重難關來到這裡的美洛斯啊，眞正的勇者美洛斯啊，如今卻倒在這裡動彈不得，眞是丟臉。愛你的好友就是因爲信任你，反而害得自己要丟了性命。你若是眞的成了不守信用的人，就正中國王的下懷了。」美洛斯相當自責，也希望藉此重新振作，但無奈全身癱軟，像條毛毛蟲般遲遲無法前進，只能倒臥在路旁的草原。身體疲累的話，精神也會跟著受到影響。「什麼都不重要了。」這與勇者形象相違的軟弱想法啃噬著美洛斯的心志。「我都已經這麼努力了。神啊，我絲毫沒有違背約定的打算，我十分努力，只是一路走來，已經精疲力竭了。我不是個不守信用的人，唉，可以的話，我願意剖開胸膛，把鮮紅的心臟，這顆倚恃著愛與誠信的血液而鼓動的心臟，掏出來給您過目。如此重要的時刻，我卻再也使不出半點力氣。我眞是一個不幸的男子啊！我一定會被嘲笑的，我的家族也會受到連累而被嘲笑。我欺騙了朋友，在中途倒下跟一開始就不跑根本是同一回事。唉，怎樣都無所謂了，也許這就是我註定的命運吧。賽里努提斯啊，請你原諒我。你總是信任我，我也從未欺騙你，我們眞的是很好的朋友。我們彼此的心從未被疑惑的暗雲蒙蔽，即使是現在，我想你也是全心地信任我、在等著我的吧。啊啊，你一定在等著我吧。謝謝你，賽里努提斯，謝謝你總是這麼信任我。每次思及此事，我總是情不自禁。朋友之間的信任，應該是這世上最値得誇耀的寶物吧。賽里努提斯，我眞的跑了。我越過了滾滾濁溪，即使受到山賊的包圍我仍努力突破困境，一口氣翻過山腰。只有我才辦得到。啊啊，請不要再對我有所期待，不要再管我了，怎樣都無所謂了。我輸了，我自甘墮落，你們就笑我吧。國王曾在我耳邊說可以遲一些來，他向我約定，我若遲到，人質就會被殺，我則會得到原諒。我雖憎恨國王如此卑劣的做法，但現在的情況就如國王所言，我一定會遲到。國王會用他自以爲是的想法誤解我的行爲，嘲笑我，然後再赦免我。假若眞是這樣，簡直比讓我死還要痛苦，我將永遠是個背叛者，成爲這世上最不名譽的人種。賽里努提斯啊，我也會赴死，讓我和你一同死去吧，因爲只有你信任我。不，該不會這也是我一廂情願的想法吧？啊啊，我乾脆變成一個更惡劣的敗德者，就此苟活下去吧。村裡至少還有我的家，羊群也還在，妹妹他們夫妻倆應該也不至於將我趕出村子。什麼正義啦、誠信啦、愛啦，仔細想想，淨是些無聊事。殺死別人，自己才能存活，這不是世間的定則嗎？啊啊，我眞是有夠愚蠢。我簡直是個醜陋的背叛者。乾脆，就這樣想幹什麼就幹什麼吧。已矣，已矣。」美洛斯張開四肢，進入了夢鄉。

忽然間，他的耳邊傳來潺潺的流水聲。美洛斯稍稍抬起頭，屏住呼吸、豎起耳朵聽著。不一會兒，水流到了他的腳邊。他搖搖晃晃地站起身來，定睛一看，發現細小的清流如輕聲囁語般不斷從岩石的裂縫中湧出。美洛斯被這泉水吸引，彎下腰去，用雙手掬起清水，一口喝下，再「呼——」的吐了一口長氣，如夢初醒。「走得動了，走吧。」就在肉體的疲勞漸漸恢復的同時，美洛斯的心裡也燃起了一股希望，一股覺得應該完成義務的希望，一股覺得即使自己被殺，也要維護名譽的希望。斜陽照射在樹葉上，枝葉被燃得火紅。「到日落之前還有時間。因爲有個人還在等著我，因爲有個人從未有過一絲懷疑，靜靜地期待我回去，我是被信賴的！我的性命只是卑微之物，但也不能因此說出『就以死謝罪吧』這種故作偉大的話。現在唯一要做的，就是回報這份信賴。跑吧！美洛斯。

「我是被信賴的，我是被信賴的。剛才那些惡魔的囈語都只是夢境，只是場惡夢，快忘掉它，那只是在五臟六腑疲勞之時作的惡夢罷了，美洛斯，那不是你該覺得羞恥的事，你果然是眞正的勇者啊！你不是又能站起來奔跑了嗎？眞是謝天謝地！我能以正義之士的身分赴死了。啊啊，太陽西沉了，慢慢地沉下去了。等等我，宙斯！我從出生到現在一直是個正直的男人，請讓我也正直地死去吧！」

美洛斯如黑風般狂奔，推開路人、跳過阻礙，平野上有人正舉辦酒席，美洛斯從酒席正中央呼嘯而過，嚇壞了所有人。他還踢走小狗、飛越小溪，用比太陽西沉快上十倍的速度奔跑著。就在他和一群旅人擦身而過的瞬間，聽見了不祥的對話。「現在這個時候，那個男人應該已經被處以磔刑了。」啊啊，那個男人，我就是爲了那個男人才這樣極力奔跑著。我不能讓他死，快啊，美洛斯！千萬不能遲到！現在正是展現愛與誠信力量的重要時刻。美洛斯已顧不得儀態，幾乎是全裸了。他跑得上氣不接下氣，好幾次從口中吐出血來。看到了，可以看到遠方錫拉庫斯市那小小的塔樓了。塔樓被夕陽照得閃閃發亮。

「啊！美洛斯大人！」

美洛斯聽見風聲裡混著一絲彷彿呻吟般的叫喚。他邊跑邊問：

「你是誰？」

「在下是菲洛斯特拉特斯，是您的好友賽里努提斯的弟子。」這位年輕的石匠跑在美洛斯的身後喊著。「美洛斯大人，不行了，已經來不及了，請您停下來吧，現在已經無法救出賽里努提斯大人了。」

「不，還不到日落的時候。」

「就是現在，賽里努提斯大人已經被處以死刑了。唉，您就差這麼一點，眞是遺憾，要是您可以再早一點點就好了！」

「不會的，現在還沒有日落呢。」

美洛斯忍著心痛，凝望著碩大的夕陽。他只能跑。

「請停下、請停下腳步，現在保全您自身的性命才是要緊事啊。賽里努提斯大人一直都是相信您的，就連被帶到刑場時也相當冷靜，即使國王陛下處處刁難他，他始終抱持著堅定的信念，告訴國王『美洛斯一定會來的』。」

「正因爲如此，我才更要跑。因爲他信任我，所以我要跑。這已經無關乎來不來得及，也無關乎人命了，我是爲了一個令人恐懼的巨大存在而跑。菲洛斯特拉特斯，快跟上我！」

「唉，你簡直是瘋了。算了，我就跟你一起跑吧，或許還趕得上。跑吧！」

不用說，此時太陽尚未完全落下。美洛斯用盡最後一絲力氣奮力奔跑。他腦袋放空，什麼也沒想，彷彿只是被一股莫名的強大力量拖著。太陽緩緩地沒入地平線，就連最後一片殘光也即將消失之際，美洛斯如疾風般跑進刑場。他趕上了。

「等一下！不能殺那個人！我、美洛斯回來了！我趕在期限之前回來了！」美洛斯對著刑場的群眾大聲叫喊，但任憑他叫破了喉嚨也只發出微弱的聲音，所以根本沒人發現他已經回來了。磔刑的刑柱已經高高矗立，賽里努提斯全身被繩索綑綁，緩緩地往上吊起。美洛斯目睹這一幕，拿出最後的勇氣，像先前勇渡濁溪時拚命划呀划地撥開了擁擠的群眾。

「是我，刑吏！該被殺的是我，美洛斯！將他做爲人質的我，此刻就在這裡！」美洛斯用嘶啞的聲音用力大喊，一邊跑上磔台，死命抓住被緩緩吊起的好友的雙腳。圍觀的群眾開始鼓譟，紛紛大喊著「好啊！太棒了」、「放了他」，賽里努提斯的繩索於是被解開了。

「賽里努提斯……」美洛斯眼眶泛著淚水。「打我。用你全身的力氣打我的臉頰。我在途中一度作了惡夢，如果你不打我，我就連和你擁抱的資格都沒有了。打吧！」

賽里努提斯露出一切已了然於心的表情，對美洛斯點點頭，然後用力摑了美洛斯的右頰一掌。那聲音大得響徹整個刑場。

賽里努提斯打完之後露出溫柔的微笑，說：「美洛斯，你也打我吧，要用一樣的力氣，打出一樣響亮的音量。雖然只有一次，但這三天裡，我還是對你起了疑心，這是我生平第一次懷疑你。你如果不打我，我也無法和你擁抱。」

美洛斯將手掌的關節扳得嘎嘎作響，接著也摑了賽里努提斯一掌。

「謝謝你，我的好友。」兩人異口同聲說完後便緊緊相擁，然後喜極而泣，放聲大哭。

群眾之中響起欣慰的讚嘆。一直站在群眾身後，看著兩人舉動的暴君迪奧尼斯不知何時悄悄地走近兩人，羞赧地說：

「你們的願望都實現了。是你們打敗了我的心，讓我知道誠信絕不是一件虛無的事。能讓我成爲你們兩人的好友嗎？拜託了，請接受我的請求，我也想成爲你們的朋友。」

群眾們大聲歡呼：「萬歲！國王陛下萬歲！」

一位少女將紅色的斗篷獻給美洛斯。美洛斯覺得莫名其妙，好友便貼心地告訴他：

「美洛斯，你不是全身赤裸著嗎？快穿上斗篷。這位可愛的姑娘不想再讓大家盯著你的裸體看了。」

勇者美洛斯面紅耳赤。

——取自古傳說與席勒之詩[5]

1 本處指座落義大利西西里島東岸，富有悠久希臘歷史文化的沿海古城「錫拉庫薩」，義大利語為 Siracusa，日文應為 シラクサ，惟太宰治寫為 シラクス，故按原文譯做「錫拉庫斯」。

2 此處特按原文呈現。在日文中，「南無三」指「南無三寶」，原為皈依佛、法、僧之意，後引申為感到驚訝或挫敗時使用的發語詞，意近「天啊」、「糟了」或「完了」等用語。

3 希臘神話中至高無上的神，可驅散滂沱的大雨，賜給大地明媚的陽光，亦可令天空風起雲湧、雷劈電擊。

4 佛教中的護法神，善於行走。可用以形容腳程很快的人。

5 指席勒（Friedrich Schiller）於一七九八年發表的敘事詩〈人質〉（Die Bürgschaft）。

賞析一：戴上粉絲濾鏡並凝望他們的神

黑白文化主編　柏雅婷（撰文：沈眠）

讀《越級申訴》，尤其是前兩篇〈新哈姆雷特〉跟〈越級申訴〉，我第一時間注意到太宰治不只是完成翻案書寫，同時更是讓西方正典極其優異順暢在地化。當哈姆雷特跟赫瑞修在嘴來砲去，我腦海自動代入的是神木隆之介和佐藤健一起在講幹話，毫無違和感。侍衛長在我的腦子裡則會出現北野武，飾演一個成天都在碎碎唸的日本中年大叔；而整齣戲的調性亦充滿了三谷幸喜的黑色幽默，不時令人「噗哧」笑出聲來。

這是很厲害的本事，太宰治的〈新哈姆雷特〉成功寫出充斥日本語境的歐洲歷史舞台，而且角色還自己打破第四面牆，吐槽日本莎翁著作翻譯名家的譯文太老八股拗口，真是有夠當代。

荒謬戲劇時常在探索人的處境問題，而每一個地區或時代都有不同的處境。台灣劇場這幾年也有經典文本的成功在地化，比如四把椅子劇團《全國最多賓士車的小鎮住著三姐妹（和她們的Brother）》，就是劇作家簡莉穎將契訶夫經典劇作《三姐妹》重新翻土的作品，或是令人想到嚎哮排演翻演《文明的野蠻人》，成爲《全家都去你家》，不只是把人物改成台灣名字，而是眞的去找到可以對應我們所處社會的奇特情境，注入此刻當下的元素與精神狀態，讓我們有更深刻的共感，才得以展現其中的「荒謬」精隨。

而〈越級申訴〉甚至直接拿耶穌開槍，展演人對神從絕對信念到完全幻滅後的惡狠狠殺機。一神論的基督宗教禁止偶像崇拜，人們唯一可以敬拜的只有耶和華，不能有別的神。關於〈越級申訴〉，在噗浪上曾有一則頗有意思的討論如是說：猶大是耶穌的「毒唯」。毒唯一詞，記得應是來自於中國微博上的粉絲文化，簡單來說就是萬千偶像中我只獨鍾一人，但這個喜愛卻是非常瘋狂且病態，甚至是帶著毀滅性的，當偶像不符合粉絲自身期待的投射或回應時，便有可能會由愛生恨，甚至興起一種「玉石俱焚」式的，並認爲自己可以終結偶像演藝事業的極端想法。

猶大作爲一位標誌性的人物，從今日粉絲文化的角度來看，以「毒唯」一詞來定義描述，竟意外地十分契合，猶大將耶穌視爲人生的所有，爲他獻出自己的一切，但同時對於耶穌並未把自己放在心上最重要的位置感到憤憤不平，甚至一怒告上法庭，要徹底毀壞他的神。

近畿小子的堂本剛曾說，偶像的工作就是在販賣夢想，偶像文化的興盛，或許也是因爲社會的無夢化。無法憑一己之力對抗的社會框架，只好透過偶像所散發的神性光芒來安慰自己。粉絲會戴上一層偶像濾鏡，去凝視偶像們的一舉一動，映射出自己的想望。但走火入魔的投射是有毒的，若然對偶像的獨占性削弱了，抑或偶像露出一般人的面貌，即如信仰崩壞，一切必然變得虛無恐怖，一心只想拖著偶像下地獄。

太宰治在八十幾年前便寫下了〈越級申訴〉，未料竟像是預言一般，道出了當代的粉絲文化現象：耶穌是偶像，基督教便是經紀公司，而門徒則有如「粉頭」（粉絲群的意見領袖），信徒即粉絲。

翻案一方面是逆轉的寫法，將過去大家熟悉的人物與事件，找到全新的角度切入，同時也安放了自身的體驗與投射。這讓我連結到陳家聲工作室團長徐宏愷的劇本《馬文才怎麼辦》，一邊將黃梅調經典愛情文本《梁祝》中，只出現在對白之間、卻從未登場的馬文才挖掘出來，給予角色實在的討論與生命，另一邊徐宏愷也將當代的家庭問題、母子之間的各種衝突，放到了馬文才和馬夫人身上。太宰治之所以選擇改寫猶大對耶穌的背叛，可能也帶入了他自己的投射，包含和文壇大神（川端康成、井伏鱒二、佐藤春夫、志賀直哉等）交手，從知遇、崇拜到交惡、公開指責的慘烈經驗。或許，人就是必須經歷「由信徒邁向叛徒」的過程，才能深刻體會人性眞正的長成，也才是生命的眞實樣貌。

從歐陸古老傳說、席勒之詩取材變身的〈跑吧，美洛斯〉，太宰治也有他的話想說，特別是「少年感」的部分，或者應該說在日本群體文化中的少年價值或標籤化，那種不斷奔跑、努力不懈的熱血樣貌，縱使少年們試圖抵抗全世界，但回頭看來，當時的自己也只是在既存的體制內掙扎而已，即便如此，國王仍舊想要加入少年，一如〈新哈姆雷特〉裡的老臣波格涅斯硬是要跟年輕人站在一起。

那或許正是成年後的你我，對於青春的惆悵吧，對某種必然逝去事物的不捨緬懷。讀到最後，全身赤裸的勇者美洛斯面紅耳赤，似乎也看到太宰治正裸體站在我們的面前，展開他的眞心話與大冒險。

《越級申訴》可謂是太宰治的同人二次創作，一種延伸創作的集結體。故事裡瀰漫著中二臭的少年氣息，但人不中二枉少年，尤其時至中年再回頭望去，仍舊心生依戀，若說是由太宰治，爲今日《週刊少年 Jump》的核心精神——努力、友情、勝利，埋下了種子也不爲過。儘管社會裡充斥著無望的處境，成人的理智也再再告訴自己改變不了世界，但是至少，我們還能將所剩無幾的念想與希望，寄托在漫畫、戲劇乃至偶像身上，一種不必受任何現世干擾的純淨，也是身爲大人的我們，僅存的烏托邦祕境了吧。

賞析二：在絕無詩意的世界裡，看見詩意爆裂的當代荒謬性

小說家 沈默

二十世紀最偉大小說家之一的米蘭．昆德拉唯一一本劇作《雅克和他的主人》，受現代百科全書之父、思想家、文學家的德尼．狄德羅小說《宿命論者雅克和他的主人》之啟發，他是這麼說的：「……莎士比亞也重寫了許多別人的創作，但是他並沒有去改編什麼東西。他所做的，是把別人的創作拿來當作自己變奏的主旋律，而在其間，他仍是獨立自主的作者。……《雅克和他的主人》不是一部改編的作品；這是我自己的劇作，是我自己的『變奏狄德羅』。而既然這是孕育仰慕之情的作品，或許我們也可以說這是『向狄德羅致敬的一齣戲』……藉此『向狄德羅致敬』，也『向小說致敬』。」

變奏是昆德拉從音樂領域挪借到小說國度的藝術概念，是同一主

題的再變造、重新創作。相較於亦步亦趨於原創者精神、遵從原著世界觀的改編，變奏無疑是加入後來書寫者自身的意識與存在處境，包含獨創性的見解、新主題的探討、個人生命體驗的匯合，以及對世界、創作的沉思等等。亦即，那其實是一種跨時空的相遇、對話和交流。

按此思維，我也想將太宰治《越級申訴》稱為變奏之書，其收錄的〈新哈姆雷特〉是變奏莎士比亞、向莎士比亞致敬、也向戲劇致敬的作品，〈越級申訴〉為變奏《聖經》故事，〈跑吧，美洛斯〉則是對西方傳說和弗里德里希・席勒之詩〈人質〉的全新變奏。根本來說，《越級申訴》亦是一部向創作致敬的書，經典文本的新領域展開，且太宰治在其中展現了關於日本性、社會體制的無路可出，還有對青春無比執迷的荒謬性直擊。

書中的三個故事涉及陰謀、背叛、刑場救援，於殘酷凜冽的悲劇氛圍中，卻又展露著荒誕不經的喜劇性，這也是太宰治變奏體最難能可貴的部分，他以嘲諷的藝術撬開了那些層層密封的日本之境，在迂迴、冗長、囉嗦又極其浮誇、歇斯底里的話語中，體現人物被困囚現狀的哀傷、痛苦和絕望，讓我們看見日本人作爲群體動物的牢固密封，還有太宰治拋心泡肺的社會觀察眞話，以及諸多瘋癲狂愛如絕對信仰的內在心理描繪。

如「我就這樣帶著嚴肅痛苦的表情成了喜劇的主角。」、「人都只是爲了他人的想法而活的，人啊，太悲慘、太可憐了。」、「人說實話的時候，聽起來反而會變得滑稽、冗長，又毫無條理，我覺得相當可悲。」、「沒有言語的愛情，自古到今一個實例也沒有。……閉起眼睛無視那份羞恥，把心中如怒濤般洶湧的愛意喊出來，才是愛情的本質。……愛是言語，如果沒有言語，這世上也就不會有愛情存在。」、「那個人說謊，他說的每一字、每一句，從頭到尾都是鬼扯。

我完全不信。但我相信那個人的美。啊啊，那個人是如此美好，世上絕無僅有啊。我純粹愛著那個人的美，僅止而已。……那個人也墮落至此。他多活一日，膚淺醜態就在世上多暴露一日。有花堪折直須折啊。……我一定要盡快殺掉那個人。」

太宰治筆下人物的說辭和行動之悖反、過度熾熱情感活動，以及在體制中無所適從的迷路感，群體關係的彼此綑綁，都讓我想到二十世紀另一位巨靈小說家法蘭茲．卡夫卡，尤其是長篇小說《審判》和短篇〈判決〉，裡面的主人翁也常常過度自我肯定同時又極其自我否定，語言曲折繁瑣，看似沒命地行動，但實際上只是狂奔也如的原地繞圈圈，活在絕對體系的迷宮之中。

昆德拉《被背叛的遺囑》是這麼寫的：「我們無法比卡夫卡的《訴訟》寫得更深入了；他為一個極無詩意的世界創造了極有詩意的意象。我說：『極無詩意的世界』，意即：這個世界已經沒有空間保留給個體的自由，給個體的原創性，而且身處其中，個人不過就是超人類力量的工具：比方官僚體系、科技以及歷史。我說『極有詩意的意象』係指：卡夫卡在不改變世界無詩意的本質和特徵的前提下，以他詩人無邊的瑰奇思想轉化了、重塑了這個世界。」

《訴訟》的另一中譯書名為《審判》，亦即以約瑟夫．K為主人翁、某日醒來莫名被兩個闖入的人逮捕、此後就陷入被定罪、卻從未得知究竟所犯何罪、盡是無以名之困境的長篇小說作品。《越級申訴》裡，特別是同名短篇，滿懷熱愛的猶大在法庭狀告耶穌，將耶穌送向死亡，甚至不惜收下三十塊錢，好讓自己符合背叛分子的身分，那種嘲諷感，也遠遠地呼應著約瑟夫．K最終也只能自己去為遭受的刑罰尋找或創造正當的理由。

《小說的藝術》裡昆德拉如是說：「……卡夫卡式的東西把我們引領到內在，進入笑話的臟腑之中，進入喜劇性的恐怖之中。／在卡夫卡式的世界裡，喜劇性並不是悲劇性的一個對位法的呈現（悲喜劇），就像莎士比亞的戲劇一樣，喜劇性在那裡不是藉由調性的輕盈而讓悲劇性變得讓人比較容易承受；喜劇性不是悲劇性的陪襯，不是的，喜劇性將悲劇性摧毀於誕生之際，它把受害者還抱持希望的唯一慰藉都剝奪了……」

喜劇性，意味著可笑，但並不好笑，甚至是讓人笑不出來、身心苦澀。可笑在於揭露了事物本身就存有的荒誕，並且逼近絕無僅有的恐怖感。太宰治筆下的猶大亦讓我聯想到自言狂熱崇拜卡夫卡，但最終背叛其遺囑，硬是將卡夫卡想要銷毀的作品、日記等悉數保留且付印的馬克斯．布羅德（Max Brod）。昆德拉對他的評價是：「布羅德不懂得立體派風格，就好像他不了解卡夫卡和亞納切克一樣。他雖然好心要將他們從社會對他們的孤立中解放出來，但卻不小心將他們關進『美學的孤寂』裡面。因爲他對兩位藝術家的奉獻意味：即便是喜歡他們藝術的那個人，也就是最有可能理解他們的那個人，其實對他們的藝術還是一竅不通的。」

這種純愛也如的獻身，多麼教人駭怖難忍啊，無法眞正看到人事物的價值，只是絕對情感活動的依存，彷若降靈附身，不但沒有自主性思考與判斷的能力，更可能隱藏著全然破壞和毀滅。這顯示了單單有愛是不夠的，仍然不足以完整地了解對方，甚至越是愛，就反倒越是推遠了理解的距離，如此也就具備了無與倫比的喜劇性。

〈越級申訴〉猶大對耶穌爲了愛而復仇的心理，〈新哈姆雷特〉奧菲莉亞不斷向王后強調孺慕之情卻讓王后愈發起疑，〈跑吧，美洛斯〉跑得遍體鱗傷、跑到變成全身赤裸的勇者美洛斯，讓國王表示想要成爲他的朋友，重新相信人是可能有誠信的告白，這些種種抛頭顱灑熱血的敘述，讀起來都非常的虛幻，也無比的可疑，我總是想像太宰治躲在文字簾幕後面，望著那些人物的演出，瘋狂爆笑。是這樣沒錯吧，《越級申訴》也是在絕無詩意的世界裡，看見詩意爆裂的當代荒謬性，像是太宰治扮演著上帝，發出魔鬼的笑聲，而笑的裡面純然是荒涼湮滅的悲劇世界。

狄德羅的名言是「懷疑是走向哲學的第一步」。太宰治則藉由哈姆雷特之口說著：「我不相信，我會一直懷疑到死去爲止。」引用猶太俗諺「人類一思考，上帝就發笑」的昆德拉，最喜歡思考，但不是爲了發明眞理，就只是想要對存在進行沉思，去定義清楚世界的複雜、曖昧難解。我不禁要這麼想，懷疑也是走向人生的第一步，甚至是最後一步，但懷疑不是爲懷疑而懷疑，是持續發現藏在所有事物後面的地方，那些本來就存在的詩意——而詩意就是重新發現存在無可窮盡的各種面貌。

言寺 81

越級申訴

作　　者　太宰治
譯　　者　湯家琪
總 編 輯　陳夏民
執行編輯　郭正偉
書籍設計　小子
初版協力　鄭哲涵、陳婉容
出　　版　逗點文創結社
地址｜桃園市 330 中央街 11 巷 4-1 號
網站｜www.commabooks.com.tw
電話｜03-335-9366

總 經 銷　知己圖書股份有限公司
地　　址　台北公司｜台北市 106 大安區辛亥路一段 30 號 9 樓
電話｜02-2367-2044　傳真｜02-2363-5741
台中公司｜台中市 407 工業區 30 路 1 號
電話｜04-2359-5819　傳真｜04-2359-7123

製　　版　軒承彩色印刷製版有限公司
印　　刷　通南彩色印刷有限公司
裝　　訂　智盛裝訂股份有限公司
ISBN 978-986-99661-9-1
初版一刷　2013 年 8 月
二版一刷　2022 年 5 月
定　　價　新台幣 380 元

國家圖書館出版品預行編目 (CIP) 資料
越級申訴 / 太宰治作 ; 湯家琪譯 . -- 二版 .--
桃園市 : 逗點文創結社 , 2022.05
288 面 ; 10.5*14.8 公分 .--(言寺 ; 81)
ISBN 978-986-99661-9-1(平裝)
861.57　110019837

越級申訴

駈込み訴え

太宰治 著
湯家琪 譯

目次

274

賞析一：戴上粉絲濾鏡並凝望他們的神

黑白文化總編輯　柏雅婷

280

賞析二：在絕無詩意的世界裡，看見詩意爆裂的當代荒謬性

小說家　沈默

編輯室報告：記憶中的那名少年可安好？

逗點文創結社總編輯　陳夏民

同樣是太宰治的翻案作品，取材西方經典的《越級申訴》與脫胎自日本童話的《御伽草紙》，折射出截然不同的光譜。《御伽草紙》（1945）的時空背景發生在外頭砲聲四射的防空洞中，一名父親為安撫不耐的兒女，拿起當初逃生時隨手一抓的故事書讀了起來。「這位父親雖然衣著寒酸，容貌愚鈍，但並不是一位平凡的人。他是個擁有神奇力量，能夠創作故事的人。」太宰治如此形容那位父親，也在此刻，敏感的讀者便能判別他不只是太宰治的化身，更能讀到太宰治身為人父的自覺。

雖然後世討論太宰文學時，習慣直接貼上無賴派與自殺等悲劇性標籤，但鮮少有人留意到，當身為「小說家」的太宰治，套疊上「父親」身分之後，筆下作品油然而生的責任感與愛有多麼巨大，幾乎能讀到一名小說家以絕妙故事抵擋空襲砲彈的巍然身影。

這也是爲什麼《御伽草紙》一書出版後，讓許多原本討厭太宰文學的同輩作家或評論者跌破眼鏡，成爲太宰治生前便獲諸多好評的作品。

但《越級申訴》不同，字裡行間沒有太多「慈愛」，總冒出濃稠似血塊、包裹著某種怒火的另一種「愛」。

書中三篇小說〈新哈姆雷特〉（1941）、〈越級申訴〉（1941）、〈跑吧，美洛斯〉（1940），完成在他婚後生下長女之際。那時的他，雖已跨過而立之年，卻在這三篇戲仿西方經典的作品裡，袒露了彷若少年的脆弱之心——太宰治藉經歷幻滅之痛的少年之口，深度討論愛的暴力本質與其所對應的良善，如背叛與信任，又如自私自戀與無私愛人。

這三篇故事絕對是太宰文學中「少年感」最強的，沒有之一。

少年感是什麼？是身體與心靈皆在茁壯卻在關鍵時刻無法同步，油然而生的懊悔；是望向遠方，認定可以改變全世界的驕傲吶喊，「I'm the king of the world！」是無法拒絕只能硬著頭皮被大人們捏塑成尷尬的模樣時，牙根深處傳來的淡淡的恨。

有趣的是，《越級申訴》中三篇故事的主角的年紀，或許都不符合當代人對少年的定義：哈姆雷特時年二十三歲，猶大三十四歲，美洛斯年約二十出頭，他們儘管早已脫離青春期，但都不被長輩或是社會認定是成熟的個體，因爲他們都做了與大人相反的決定。

哈姆雷特是父母眼中鬧彆扭且不懂表達的孩子，猶大則是跟隨了基督並企圖改變世界，一方面成爲當時政局亟欲碾壓的革命分子，同時又是迷惘的信徒，分不清楚對偶像的愛究竟是溫順的服從還是暗潮洶湧的控制與執念。美洛斯雖然是一家之長，必須主持妹妹的婚事，但面對不公不義時卻義無反顧想要直接抗爭去送頭。

這三位少年，在各自的故事時空裡，都爲信任而苦惱，深怕遭受背叛或成爲反叛摯愛的惡劣存在。這或許也說明了，每一個少年少女都在經歷背叛之際，才拿到進入大人世界的門票。

太宰治精心描繪的少年們，徘徊於理想與現實之間，他們的挫敗與痛苦毫無阻隔地與讀者們深深共鳴。而在這三篇故事成爲名作之後，其底蘊也長久地滲透進日本文化之中。

〈跑吧，美洛斯〉中，美洛斯的肌肉熱血笨蛋形象與隨時裸奔的青少年黃色段子，成爲許多少年漫畫主角的原型。〈新哈姆雷特〉裡當眾挖苦他人的角色們，是當代搞笑漫畫或漫才中的吐槽役。至於〈越級申訴〉所探討的主從關係，除了發散出淡淡的 BL(Boy Love)氣息，也跨越了時空，參與如今次文化與流行文化當紅的議題：「本命」與粉絲之間，那看似和諧親密，骨子裡卻相愛相殺的複雜凝視。

此外，〈新哈姆雷特〉、〈越級申訴〉、〈跑吧，美洛斯〉三篇故事雖然各自獨立，但各路角色們卻在不同情境中相互呼應。哈姆雷特與猶大都擁有能夠嗅出和他們一樣身懷「羞恥」的同路人的卑劣能力；〈新哈姆雷特〉與〈跑吧，美洛斯〉中的兩位乖戾國王，都聲稱全天下沒有任何人能夠理解自己的孤獨。更不用提許多角色都試圖捕捉、理解的 jealousy 到底是什麼了。

作爲翻案作品，《越級申訴》可發揮的空間不若《御伽草紙》，然而在原作複雜度與史實限制之下，太宰治仍舊發揮小說家的絕頂技術，將之寫成專屬自己的同人文，機關槍一般火力全開（據傳〈越級申訴〉是太宰治一鼓作氣口述而成的作品），訴說著步入大人世界之後所遭逢的彆扭與不甘，其中甚至潛藏他對即將扛起親職所產生的不安與焦慮。

儘管探討的議題深刻，這一本小說集絕對不是沉重的閱讀經驗。

太宰治翻案作品最大的特色，就是比原作多了許多笑點，眞的很好笑，有時候很機車，可是很容易讓人笑著笑著就哭了。因爲我們總能讀到太宰治筆下，每個人在誕生之際便擁抱著的悲劇核心，以及身爲一名曾經的少年，對世界開戰之後所遺留下的各式傷疤。

讀完《越級申訴》，別忘凝視鏡中的自己，看看是否還認得記憶中的那名少年。